八十歳から拡がる世界

島健二
医学博士・徳島大学名誉教授

論創社

まえがき

国家予算は膨張し続け、毎年、国債を発行して歳出の不足分を補い、その借金は一千兆円を超えていると、マスメディアはその深刻さを報じる。これで、人々は将来に対し不安を抱き、財布の紐をしめての生活を余儀なくされる。その結果、ＧＤＰの大半を占める個人消費は伸び悩み、ＧＤＰの増加率が期待するほど伸びないといわれる。大企業は儲けているにもかかわらず、個人は景気の良さを実感できていないなど、なんとなく、閉塞感を感じながら生活している。そのようなことで、この閉塞感の一因は歳出の増加、借金財政にあるということになる。この歳出の増加は人口の高齢化による社会医療費の増加が大きく関与しており、この増加は歯止めがかからず、ここしばらく増加し続けるだろうと公言されると、それは困ったことだと思いつつ、高齢者人口の構成員の一人である年寄りとしては、皆様にご負担をおかけし、何か申し訳ない気持ちになる。確かに、かつての高齢者と比較すると、数も増えたが、医療、介護において、より手厚くもてなされ、それだけ費用もかさむというものである。ありがたいことであるが、「金がかかる、かかる」と言われると、申し訳なさに肩身の狭い思いもする。

高齢者が高速道路を逆走して事故を起こし、何人かの死傷者が出た。ブレーキとアクセルを踏み違え、車は病院待合室に突入し、待合室にいた見舞客が死亡した。集団登校中の児童の列に車が突っ込み児童を死傷した。——これらは、最近、マスコミに報じられた高齢者がらみの交通事故のほんの一例である。テレビや新聞で報じられる交通事故のニュースに接するたびに、高齢ドライバーが加害者ではなかったかと気をもむ。高齢ドライバーの事故が重なり、免許証返上の動きや、高齢ドライバーの条件付運転許可など、公的な処置も講じられようとしている。高齢者が、何か有害な存在として社会一般に受け取られていることに、その構成員の一人として申し訳なく、やや肩身の狭い思いを抱きながら日々を送っている。

傘寿《さんじゅ》を超えた高齢者は全員、あの太平洋戦争の戦中・戦後の劣悪な生活環境を生き抜いた〝つわもの〟たちである。成長期の少年・少女は栄養失調気味で身体の発育は少々遅滞したが、精神的にはあの苦境を乗り切り、銃後の守りは引き受けたとさえいったしたたかさを身につけていたはずである。厄介をかけるのでなく、何か少しでも社会のお役に立つ存在になって、なんとなく感じる肩身の狭さから解放され、多少は胸を張ってまだ見ぬ第四の人生に移っていきたいものである。

ところで、八十歳を過ぎると、心身機能が右肩下がりに急峻に低下するものなのであろうか。老人医学の教科書には、一般的にそのように記載されている。それは一般的にちゃんとした実験結果から導かれた結論でなく、特に負荷をかけずに生活してきた人々を対象にした専門家の general consensus として導かれた結論が多い。

実験対象は一人であるが、八十歳を過ぎて、その真偽を正してみたいと、実験的試みの結果を以下にまとめてみた。結論的には、人間の体はそれほどひ弱なものでなく、軽く負荷をかけることで、右肩下がりの勾配を緩やかにも、時にはそれを一時的に止めることすらできるのではないかと思える結果であった。〝おんぶ〟に〝抱っこ〟の気持ちから脱却し、〝おんぶ〟だけ、あるいは〝抱っこ〟だけの生活に、さらに進んで、少しでも自分の脚で歩くことができれば、それはそれで、十分、社会のお役に立っていることになる。苦難を乗り切った体験を思い出し、もうひと頑張り頑張ってみようではありませんか。

目次

第2章　八十歳の頭　61

第3章　八十歳の心と精神　101

第1章　八十歳の身体

I　八十歳のマラソン歴

一　八十から始めた長距離走の新たな練習法

六十三歳でフルマラソンに挑み、その後毎年走り続けてきたが、ホームコースにしていた吉備路マラソンの開催が中止になったこと、また古希《こき》になったことで、ハーフマラソンに切り替えた。その後の数年間はハーフマラソンに限っていたが、地元徳島でマラソンが開催されるようになったこともあって、今は、ほぼ毎年フルマラソンを走ることにしている。七十歳でサブ*四が無理になり、八十一歳でサブ五があやしくなってきた。当然のことながら、加齢とともに記録は悪くなり、八十歳を越えると、その凋落ぶりは判然たるものになりつつある。加齢とともに記録が落ちるのは我々のようなアマチュアばかりでなく、プロのアスリートにもみられる。男子の年代別フルマラソン世界記録をみると、加齢の影響はプロでも、我々アマチュアより五年遅れの八十五歳から明らかになるようである。

(二) トレーニング法変更のきっかけ

二〇一五年、八十一歳での「とくしまマラソン」では、所要時間もさることながら、最後の二キロのしんどかったことはこれまで経験したこともないほどで、ゴール手前の二〇～三〇メートルの緩やかな下り坂、走ればつんのめって転倒しそうになり、歩いた。走り終えて、これはやはり加齢による機能劣化によるものと思う気持ちをはっきりと自覚した。しかし、それはそうなのであろうが、トレーニング次第でこの劣化はわずかでも食い止められるのではないかという気持ちも、心の片隅にあった。数日後、マラソン仲間との打ち上げの会で一杯飲んだ勢いもあって、ちゃんとトレーニングをして来年はあのしんどさを若干でも軽減し、もう少し余裕をもってサブ五を達成してみたいと大見得を切ってしまった。

そのこともあって、新たなトレーニングプランに従ってトレーニングし、新たな目標に挑戦

＊ サブ：アマチュア・マラソンランナーは目標記録時間が三時間台、四時間台を、それぞれサブ四（四時間未満）、サブ五（五時間未満）とよく表現する。サブは英語の sub（下）に由来。

してみようと心に決めた。新しい練習メニューは、本番間際に、ばたばたと走り込むのではなく時間をかけて徐々に走行距離を伸ばし、直近の二、三ヶ月に月間二五〇～三〇〇キロ走り込むというものである。これまでは毎朝五キロ、休日に一〇～一五キロ走り、月間一〇〇～一五〇キロ程度の練習量であった。普通のサラリーマンにとっては時間的にこれが精一杯で、これまで、ほぼこの程度の練習量で大会に参加していた。

その年から勤務が週一回になって、時間的に余裕ができたことと、ランニングウォッチ『ガーミン』（一キロごとのラップが自動的に表示され、また、その日その日の記録が蓄積できるなどの機能がある）を入手し、トレーニングの量・質ともに計画的に実施することが可能となったのも、新トレーニングメニューをこなすのに追い風となった。そんなこともあって、この年（八十二歳時）の一月～三月は予定通り、月間二五〇～三〇〇キロの走り込み量が達成できた。また、一キロのラップも平均六分三〇秒未満で、意識的でないにもかかわらず、ややスピードアップしていることも分かった。四月になって三五キロ走った際の途中ラップは、三時間一一分であったが、これなら四二・一九五キロも前年を上回り、それなりのタイムでゴールインできるという予想も立った。その年は募集人数も一万五千人と前年より五千人増となった。例年のごとく、職場の世話人に登録手続きを依頼していたところ、申告の予想タイムは前年度と変わらなかったにもかかわらず、ゼッケン番号はA三二八〇と、三時間～三時間三〇分の記録者のグループ内に登録されていた。これはスタートライン近くでスタートすることができ、そのためスタートの号砲からスタートラインを通り過ぎるるまでの時間が短くなるということで、それだけ、正式の走行時間は短くなる。

正式記録は号砲が鳴ってからゴールラインを過ぎるまでの時間で、実際に要した時間（スタートラインをまたいでからゴールラインに達するまでの時間）ではなく、順位や制限時間もこの正式記録時間で決められる。一万人を超すような大会になると、スタートの号砲がなって、最後尾のランナーがスタートラインを過ぎるまでに、スタート付近の地理的条件によっては二〇～三〇分もかかることがある。我々のごときアマチュアの一般ランナーは常々この不条理な所要時間の決め方に不満を持っていた。今回はなぜかゼッケン番号が予想していたものより小さく、スタートラインに比較的近いところからスタートでき、正式記録四時間三五分〇四秒、ネットタイム四時間三三分二三秒と、その差は一分三〇秒ほどで、その幸運に感謝した次第である。ただ、スタートしてしばらく経つと、B、C、のゼッケンのグループに一人Aゼッケンが混じっているという形になり、実力不相応なゼッケン番号に内心忸怩《じくじ》たる思いをしながら走ることとなった。

西条大橋を走っていた時（二三～二四キロ時点）、後ろから追い抜いていったランナーに「健脚ですね。おいくつですか」と声をかけられ、「天皇陛下と同学年です」と答えると、驚き声で「お元気ですね！」とほめられ、「これならサブ五は達成できそうですね」と励まされた。「そう願っています」と応じると、「では頑張ってください、お先に」と言われて、別れた。その後、走りながら、自分が高齢者らしいことがどうして分かったのだろうかと、訝《いぶか》しく思った。帽子からのぞいていた白髪で分かったのだろうか、それとも老人の走り方になっていたのだろうか。二三～二四キロ時点ではキロ六分三〇秒前後で走っていたので、とぼとぼという走り方ではなかったであろうに……と、未だ謎は解けていない。

記録は、トレーニングを積んだことで、老いの衰えを凌駕することができるならこのぐらいと予想していたものに近かった。その意味で、自分の作業仮説が証明でき、大いに満足した。日々のトレーニングで、一〇キロ、一五キロ、二〇キロ、二五キロ、三〇キロと距離を伸ばして、その時々のタイムを記録したが、一〇キロを六〇分以内で走ることができるのが分かり、トレーニングの効果を実感した。

なんとはなしに、トレーニング効果のあることを実感しながらトレーニングにいそしんだ。しかし、トレーニング量を増やしながらも、少々負荷をかけすぎて、運動器に故障が生じないか気にしながらの毎日であった。前年、練習中に突然、左下肢に痛みを覚え、しばらくトレーニングを休んだことがあったが、今回はそれもなく、恐る恐るの負荷量の増加であった。前年の下肢の痛みはしばらくして寛解したが、それが影響したのか、左足の背屈が、走っている間、不十分となり、つま先が上がらず、つまずくことが時々生じていた。秋ごろ、常の平坦な練習コースを走っている時、つまずき前方に転倒してしまった。若干、顔面制動的になって地面に顎をぶっつけたが、それよりも、転倒の衝撃を主に右手で支えようとしたのか、軍手を着用していたにもかかわらず、右第五指基関節部に皮膚表面の損傷と深い挫創をこうむる結果となった。これには数針の縫合処置が必要で、転倒の衝撃の大きさをいやというほど味わわされた。

全所要時間、五キロごとのラップを年次的に並べてみると、その時々のコースでの出来事が思い出されるのも不思議である。二〇一二年、七十八歳時は年齢を重ねたにもかかわらず、例年より所要時間が短かったが、これは台風並みの追い風の中を走ったのが、記憶によみがえってきた。往路、最初の五キロは市街地で追い風もなく、多数の仲間のランナーにはさまれて、スピードも出なかったが、五キロを過ぎ、吉野川の土手道を西に向かったころ、背中を追い風に押され、一キロ五分台で走ることを余儀なくされた。まさに、「余儀なくされた」という表現がぴったりで、六分三〇秒前後に抑えようとすると、足を踏ん張ってスピードを落とすという余分の力が必要であった。そこで、後半疲れが出て、スピードが落ちるかもしれないが、今は押される力に逆らわず、風の力に身を預けて走ることにしてみた。それが、「余儀なくされた」ということで、そうすることで、一キロ五分台で中間点まで走ることになった。復路は対岸と同じような土手道であるが、多少とも風が弱まったのか、六分三〇秒前後で走り、ゴールインしてみると四時間二七分と、三〇分を切る好タイムであった。前半、スピードを出しすぎて、後半バテたという苦い経験をこれまで何度もしてきたが、今回は余分な力も使わず、押されるままに風に身をゆだねたのがよかったようである。その日は雨も降り、低体温症で落後したランナーが何人も出たと聞いたが、大会を強行するにはちょっと無理な天候であったようである。

(二) 糖尿病患者さんと走る――血糖値データ収集

八十歳時の大会は糖尿病患者さんと一緒に走った思い出の大会であった。日常生活では遭遇しないような過剰で過酷な運動を強いるフルマラソンで、競技中どのようにエネルギー補給をしたらよいのか、治療薬、特にインスリン注射をどう調整したらよいのか、世界的に基準となるような指針がないのが現状であった。一方、マラソンブームと相まって、糖尿病患者さんで四二・一九五キロに挑戦しているランナーも珍しくなくなっている。私が診ている患者さんの中にも、日常的に運動し、マラソンを経験している猛者が何人かいらっしゃるなど、マラソンは患者さんにとってポピュラーなものになっている。ちゃんとした指針を得るためには、実際に患者さんにマラソンを走ってもらって、データを取る必要がある。そのような計画をランナーの患者さんに説明したところ、全員、実験参加を快諾してくださった。これまで、信頼に足る指針がなかったのは、マラソン競技期間中頻回に血糖値を測定することができなかったことによる。近年、五分ごとに血糖値（正しくは細胞外液糖値）測定が可能な小型装置が開発され、これを装着して走ってもらうと、競技中の血糖値を五分ごとに知ることができる。

二〇一四年四月二〇日、糖尿病患者さん六人（一型三人、二型三人）、健常者三人にこの装置を装着してもらって、「とくしまマラソン」に参加してもらった。その時の私の所用時間は四時間四二分であった。また、その他の参加者も、五時間五〇分でリタイアした一例を除き、全員完走し、三時間台でゴールインした患者さんもいた。また、前日から当日の五分ごとの血糖値が上下に大きく変動している患者さんのいること、一方、健常者三人の血糖値はほとんど変動せず推移していることも分かった。この実験から、糖尿病患者さんといえども無事フルマラソンを走ることができることが明らかになったが、ただ、インスリン注射をしている一型糖尿病の患者さんはインスリン注射量のきめ細かな調整の必要なことも判明した。この成績により、フルマラソンを楽しんでいる多くの糖尿病患者さんに貴重な情報を提供できたのではないかと思っている。

このマラソンではちょっとしたハップニングもあった。折り返し地点のちょっと手前に救護所が設営され、知り合いの医師がそこに詰めていることもあって、表敬訪問した。救護所は土手をわずかに下った所にあり、そこへは土手から分かれた下り道がついていて、行きはその下り道を通って救護所に行き、挨拶をして救護所を出た。もと来た下り道を逆走して土手に上がるのも時間の無駄と思い、それほど急でもない土手を駆け上がることにした。それほど急でない三、四メートルほどの斜面を駆け上がったが、土手道に達するちょっと手前で前方に倒れ、顔面制動することとなった。脚の蹴る力が弱って体のみが前に行き、前方に倒れたようである。自分では十分駆け上がれると判断したが、脚力は思った以上に弱っていたようで、そのような結果になった。救護所に逆戻りし、傷の手当てをしてもらって再出発したため、二〇〜二五キロの五キロのラップが数分多くかかった結果となった。

トレーニングの仕方次第で、八十二歳になっても、若干記録時間を改善できることが分かった。もちろん、いつまでも加齢の影響に打ち勝つことができるとは思っていないが、加齢とともに坂を転げ落ちるがごとく、直線的に走行能力が落ちていくものではないという作業仮設が証明でき、研究者としてはそうであったかと、人体の高性能さに驚かされ、また、一老人としては今後の生きざまを考える上で、大変心強く、希望が持てた感を強くした。トレーニングの仕方で走行能力が今後も右肩上がりに改善し続けるとは思わないが、低下の勾配を若干でも緩やかにすることができるように思う。

この試みにはありがたいおまけもついてきた。四時間三三分二三秒は、前年の記録に比べると三〇分ほど短縮されているが、そのこともあってか、翌年に発表された、その年度一年間の全国の公式マラソンでの完走、八十二歳老人二十三人中、その記録は一位であった。全日本マラソンランキング男子八十二歳の部第一位という立派な賞状がインターネットにアップロウドされていて、プリントアウトしたのが図である。そのような記録を集計し、表彰している団体があることも知らなかったが、友人が知らせてくれ、インターネット上の賞状を見て、大いに感激した。日本国中のいろいろなコ

The 13 th
ALL JAPAN
MARATHON
RANKING
2016.4~2017.3
全日本マラソンランキング

男子 82 歳の部
第 1 位
23 人中
島 健二

記 録
4:33:23
とくしまマラソン2016

貴方は「第13回全日本マラソンランキング」において、
上記の成績を収めましたので、これを讃えます。

ランナーズ編集部
一般財団法人アールビーズスポーツ財団

ースで八十二歳老人が二十三人も走っているのを知って、「八十歳から拡がる世界を夢見て」と頑張っている同好の士がいることに大いに鼓舞された次第である。

二　走る理由《わけ》

「人はなぜマラソンを走るのか――」その問いに対し、マラソン愛好者は誰でも「走り終えた時に味わう達成感のため」と答える。確かに、走り終えた時の達成感は、フルマラソンが長く苦しい道中であるため、ゴールインした時にはなんともいえない充実感がある。ただ、それだけのために走っていると、日々のトレーニングにそれほど熱が入らず、本番で苦しいチャレンジになってしまうことになりかねない。私はトレーニングの中に喜びがあり、それがモチベーションになって練習もし、四二・一九五キロにも挑戦して、無事完走して達成感も味わっている。トレーニングを楽しむなどは、自虐的といわれるかもしれないが、決してそうではない。

「とくしまマラソン」は三～四月にかけて開催されるため、トレーニングは晩秋から競技直前の早春のころとなる。私のトレーニングコースは自宅から歩いて数分の所にある吉野川河川敷↕吉野川土手道である。一般的にトレーニングは朝食前にスタートするので六時半ごろ河川敷を走り始める。土手に上がって土手道を河口に向かって走り、その日の目標距離によっては沖の洲団地を回って帰るというコースをとる。これが一五キロコースで、目標距離が増えれば一周五キロの沖の洲団地の周回を増やすことになる。

早春の雲ひとつないよく晴れた朝、朝日を浴びながら、まさにcrispという単語がぴったりの、冷たく乾いた空気の中を、身が引き締まるようなさわやかさを味わいながら、人影のない土手道を、ポールモーリアの演奏をi-phoneで聞きながら走っていると、なんともいえない幸せ感に包まれる。この幸せな気分はジョガーにのみ与えられた特権なのであろう。この至福の時を経験できるのはトレーニングしているからこそで、このためトレーニングを継続したいという気になる。走りながら、ポールモーリアが耳から消え、一瞬、次回の講演内容を考えたり、論文の構成を思いついたりするのもジョギングのありがたい副産物である。机の前で考えるより面白い組み立てを思いつくのも、ジョギング途中のことが多いのも不思議である。これもトレーニングのありがたいおまけとして、トレーニングにいそしむincentiveになっている。

記述するのに若干忸怩たる思いがないではないが、月間二五〇〜三〇〇キロ走ると、欲するままに食べても、体重増加を気にしなくてもよいという、ちょっと意地汚い話もある。これまで日々五キロ走れば、好きなだけ食べ、飲んでも太る心配はないと言ってきたが、よく考えてみると、心の片隅にやはり何か抑えているような気持ちがあり、全く抑制がなかったというわけでもなかったようである。それが、トレーニングで月間二五〇～三〇〇キロ走ると、制限する気持ちが完全に除かれ、好きなように食べても肥えない、いやむしろ若干体重が減少気味になることが分かった。成人して以来、肥満を気にし食を減らし間食をしないという生活をしてきたが、これから完全に解放された生活がこれほど伸び伸びしたものか、晴れ晴れした気分になる。嫌な箍《たが》がひとつ取り除かれ、すっきりした気持ちになれたのも、トレーニングの恩典と、ありがたくそれを享受している。これらが、少々多めのトレーニングを続ける incentive になっている。

走行距離の延伸でエネルギーをより多く消費するため、それを補う必要から食欲は亢進し、食事が美味しいのもありがたいことで、それで太らず満足できるだけ食べられるのは、生き物として快感そのものを味わっていることになる。走行距離が一日一〇キロを超すと、その日は昼間も少々眠たくなるが、そのような夜は十時を過ぎて面白くないテレビを見ていると居眠りをすることになり、早々に就寝することになる。ありがたいことに、ほぼ、毎夜入眠障害ということはない。それでも、夜二回は排尿のため目覚めるが、朝六時までは寝られている。

その他、精神が高揚する、物事を前向きに捉えるなど、ジョギングの効用には多くのものがあり、これらをひっくるめて、〝おまけ〟として享受することで、進んでトレーニングにいそしむということになっている。捕獲者から急いで逃げることは個体の安全、ひいては種の保存にとってきわめて重要な行為である。この走るという行為に、創造主は前述のようないろいろな快感をおまけとして賦与してくれ、生存に有利なように設定してくれたようである。トレーニングをして、これら快感や恩典をありがたくいただかないわけにはいかないように思う。この快感は脳内に存在するモルヒネ様物質、エンドルフィンという化学物質によるもので、これを創造主が用意してくれたことになる。

私自身がマラソンをはじめ種々の運動を楽しむ運動志向人間であるため、ついつい患者さんにも運動を勧め、次のような拙文まで書いて、運動を奨励している。

三　運動は魔法の杖

「山田さん、最近HbA1c*が下がってきていますが、お酒を減らしているんですか?」「そう

---

* 糖尿病、インスリン、HbA1c：糖尿病はインスリン（膵臓から分泌される血糖値を低下させるホルモン）の作用不足によって、高血糖が慢性的に持続する疾病。年余にわたる高血糖状態は眼、神経、腎に障害（合併症）を惹起する危険性がある。HbA1cは過去一～二ヶ月間の血糖状態の指標で、六・二%以下が正常、八～九%以上が持続すると、糖尿病合併症発症の危険性が高まる。

ですか、実は自転車通勤にしているんです」、「それは良いことですね、前々から、運動は糖尿病治療にとって大切だと申し上げていたのを、お分かりくださったのですね」。「いや、実は、先月スピード違反で三ヶ月間の免停になって、車に乗れなくなったんです」。

これは、ある日の診察室での患者さんとのやり取りの、一場面である。酒を好み、運動は嫌いで、HbA1cが八％を越える、小太りの中年の男性だが、片道三〜四キロの距離を、自転車通勤に変えただけで、HbA1cは一〜二％低下した。

「佐藤さん、毎年のことですが、HbA1cが上がってきましたよ、今日は八・二％です」。「そうですか、年末から、寒くて自転車に乗っていないのです．代わりに散歩するようにしているんですが。春になったら、一二キロの自転車通勤を再開し、週末に四〇〜五〇キロ乗るようにします。それでまた、六％台に戻ると思いますが」

このように、運動を追加することで、糖尿病のコントロール状態が良くなることは、枚挙に暇がないほど日常臨床でよく経験する。散歩を始めました、散歩の距離を伸ばした、プールで水中歩行をしている、ジムに通い始めたなど、運動の種類はいろいろだが、効果はてきめんである。

運動はインスリンの受け皿のインスリン受容体の働きを良くするなど、種々の機序を介してインスリンの働きを良くする。インスリンの働きが良くなれば、血糖が下がり、糖尿病は良くなることになる。散歩の一歩一歩が、魔法の杖の一振り一振りのように、わずかずつではあるが、体の内でのインスリンの働きを良くしてくれているのである。

運動が体にとって魔法の杖であるのは、何も糖尿病に限ったことではない。運動は血圧も、中性脂肪も下げるし、体重も減らすから、メタボリック症候群に良い効果を発揮する。運動は免疫機能を高めるから、風邪や肺炎にもかかりにくくなるだろうし、がんの予防効果も期待することができる。運動は気分を高揚させ、うつ的傾向を解消する効果もある。まさに、魔法の杖である。

南海トラフ巨大地震の発生が予想されているが、自然災害に際して何よりも大切なことは、自分の脚で速やかに安全な場所に避難することだが、ここでも日ごろの運動が役立つ。〝転ばぬ先の杖〟として、魔法の杖を用意しよう。小さな魔法の杖でも、日々繰り返すことで、だんだんと立派な魔法の杖になる。明日と言わず、今日から、魔法の杖を育て始めよう。

私の魔法の杖はジョギングである。終戦が国民学校六年生の時であった世代の者にとって、腹は空いたが、遊ぶこととして、走ることしかなかった。その習性が今も続いて、走っている。診察室での話題も、走ることになるせいか、何人もの患者さんが長距離走を楽しんでいることが分かった。三十歳代の一型糖尿病の患者さんが、中学生時代長距離走者であったと言われ、合併症もなく、走っても問題ないと判明したので、私が毎年走っている吉備路マラソンに誘い、無事完走させた。一昨年、彼を含めて、一型三人、二型三人の通院中の糖尿病患者さんと一緒にとくしまマラソンを走ったが、一人を除き全員完走できたことは前述した。彼らも日々走って、自分の魔法の杖を育てているようである。魔法の杖は高齢社会において、ますますその効用を発揮している。転倒、認知症は高齢者が遭遇する難敵であるが、これらの予防に役立つのがこの〝魔法の杖〟である。

前述の運動の諸々の効果をひっくるめると、運動はまさに〝魔法の杖〟ということができる。この魔法の杖は、残念ながら、一回振ってその効果が長く続くというものではない。例えば、前述の運動がインスリン抵抗性を改善して、糖尿病に良い効果を発揮するという効果も、一振りの効果は三日も続かない。したがって、少なくとも二日に一度は魔法の杖を振る必要がある。それは大変と思われるかもしれないが。三ヶ月間頑張って続けると習慣づいて、運動しないとなんとなくしっくりしない気持ちになる。これも〝魔法の杖〟の〝魔法〟たる所以である。

Ⅱ　八十から知る体の変調

八十歳を過ぎると、これまで遭遇したことがないような心身両面での不調を経験するようになる。ああ、これが歳というものかと、歳をつくづく感じるようになる。歳だからあながう術《すべ》もなかろうと、自然の成り行きに身をゆだねるのも、なんとなく癪なので、なんとかならないものかと、少々あがいてみた。蟷螂の斧のごとき試みであるが、ちょっと変化することもあった。これら二、三の変調対策について記述してみたい。

一　こむら返り

高齢の患者さんがこむら返りで困ると訴えられても、それほど重い病気でもないのにと、少々冷ややかに聞き流して漢方薬の芍薬甘草湯《しゃくやくかんぞうとう》を処方してすましていた。ところが、八十歳を過ぎたころから自分自身も、夜間睡眠時に突然下肢のこむら返りの激痛で覚醒するようになって、初めて、うなるような激痛に驚愕させられた。初めのうちは、一〇日に一度くらいであったのが、週に一度、さらに、二、三日に一度ぐらいと高頻度になり、最初は大したことはないと高をくくっていたが、週に二、三回ともなると、今夜もまたあの痛みに悩まされるのかと不安になり、芍薬甘草湯を服用してこれに対処した。

こむら返りは比較的ありふれた疾患であるが、重篤疾患というものでもないため、医学書を読んで調べるということもせず常識的に対応していたが、自分が痛い目にあってから、手持ちの医学書を当たってみた。『図説臨床老年医学講座（メジカルビュー社、一九八六年刊）』には「下肢のこむら返りは老年者にしばしば認められる。特に、原因なく、主として腓腹筋に起こる（夜間布団の中で足を伸ばした時など）。原因となる神経疾患があって起こるもの（筋萎縮性側索硬化症、アルコール性多発神経炎など）、また、間欠性跛行に伴うものもある。神経内科書に有痛性筋攣縮という項目で、筋自体に代謝調節障害が起こって痙攣をきたす状態として最も多いのは特発性有痛性痙攣で、いわゆるこむら返りである。この場合、種々検査しても原因が同定できないことが多い。ある種の疾患に随伴してこむら返りが生じるものとして、糖原病の一型であるマッカードル病がある。この疾患では、激しい運動によって嫌気性解糖が動員された状態で、解糖系酵素のひとつである筋ホスホリラーゼの欠損のために解糖系が機能しなくなり、筋に乳酸が蓄積してこむら返りをきたす」と書かれている。この記述は後述する一般のこむら返り発症機序と関係があるのではないかと思っているので、記憶にとどめておいていただきたい。

内科書Aにおけるこむら返りの記述：有痛性筋攣縮、こむら返りとも呼ばれる特定の筋の有痛性の持続的異常収縮を意味し、糖原病や代謝疾患、そのほか様々な原因で起こる。

内科書B：こむら返りは神経筋の様々な病態で生じる。

米国内科書：こむら返りは誰でもが経験する症状である。通常は激しい運動をした、その夜に発生することが多い。寒冷に曝されている下肢を不用意に動かしたりした際、激しい筋の攣縮が生じ、しかも、その疼痛を伴う筋攣縮は意図して弛緩することはできない。当該筋は過緊張していて、その状態は視診でも、触診でも確認することができる。当該筋をマッサージしたり、強引に引き伸ばすことで痙攣は寛解することはあるが、当該筋は過敏状態にあり、ちょっとした刺激で症状は容易に再発する。なぜ、こむら返りに痛みが生じるのか、その機序は明確には解明されていないが、次のような可能性が考えられている。すなわち、過剰な筋肉の攣縮にエネルギー供給が追いつかず、相対的な血流不全や代謝産物のうっ滞が生じ、これが原因で痛みが惹起される。こむら返りはある種の状態あるいは疾病に随伴する。例えば、妊娠中に頻発することがあるが、その原因は不明である。脱水や過度の発汗時に発生することがあり、運動選手は予防的に食塩を摂取したりすることがある。プロカインアミドなど二、三の薬剤が有効なこともある。

『医学大辞典』下肢三頭筋に発生する強直性痙攣で、激しい疼痛を伴う。疲労、寒冷などで健常人にもみられる。

日常茶飯事的によく遭遇する疾患であるにもかかわらず、こむら返りについての記載は前述のごとく、きわめてあっさりしたもので、常識的な記載にとどまったものでしかない。特定の疾患に随伴するこむら返りは別として、一般に認められるこむら返りの発症機序を研究した成績は寡聞にして知らない。そんなことで、本症で苦しんでいる患者さんには、前述の漢方薬を処方して対処してもらっている。それなりに効果はあるようだが、人にもよるが発作を完全に抑えることは難しい。

ジョギング中に左つま先が十分背屈せず、つまずいて転倒し、この防止のため種々の方策を試みているが、その中で両足関節の屈伸を家内の手をかり、他動的に行っている。ある時から、ついでに下肢のマッサージ（ちょっと力を入れて、手の平で擦る）を両側各1分間ぐらいしてもらっていた。これを続けて、二、三週間ぐらい経ったころ、こむら返りが全く起こっていないことに気付いた。もちろん、漢方薬の服用も中止していた。このような状態が、三ヶ月、六ヶ月、一年間と続き、きわめて稀に発作は生じるが、ほとんど起こらないといってもよい状態になった。このようにして、両下肢の一分間ほどの平手での擦りが効を奏していることを確信するようになった。これは自分にのみ特異的に有効であったのかもしれず、まだ、患者さんにはお勧めしていない。

このように自分には有効として、その機序はなんなのかと、かっての研究者魂が揺り動かされ愚考を重ねているが、この疾患が高齢者に多いという事実に謎解きの鍵が隠されているのではないかと思って考察してみた。高齢患者を診ていると、心、腎、肝などの浮腫、むくみの原因となる疾病を有していないにもかかわらず、下肢に限局して軽いむくみを訴える人達がいる。よく事情を聞くと、長時間椅子に座っていると生じやすく、しばらく歩いたり下肢を高めに保持して仰臥しているとむくみは消退するという。私自身もそのような状態になった際、前述の下肢を擦る下肢マッサージをしてもらうとむくみが消退することを経験している。これは、軽度の静脈循環不全に起因するのではないかと推測した。すなわち、軽度の静脈血行障害のため、持続する静脈うっ血状態になり末梢組織に細胞間液が停滞し、むくみとして認識される状態ではないかと考えた。このように、末梢静脈が慢性的にうっ血状態になっていると、筋肉活動の結果生じた代謝産物の除去は障害され、末梢筋肉組織内に停滞しやすい状態になる。筋肉活動の結果生じた代謝産物のひとつである乳酸が前述のような機序で停滞し、局所の濃度が上昇するという病態が生じていないだろうか。先述のマッカードル病では解糖系酵素のひとつが欠損するため筋肉に乳酸が蓄積し、それが刺激となってこむら返りが生じることは明らかで、乳酸蓄積の機序は異なるが、高齢者の場合、前述のような静脈うっ血で局所の乳酸濃度が上昇し、それが原因でこむら返りが惹起されたと推論した。下肢を擦ることで静脈還流は回復し、停滞した乳酸はこれによって除去され、乳酸値は低下してこむら返りは生じなくなった。この推論はどうであろうか。どなたかこれを研究して、擦りの効果の機序を解明してくだされば と思っている。いずれにしても、擦るとこむら返りが生じないことは、私にとっては事実で、したがって有効の機序はともかくとして、まず擦る下肢マッサージが有効であるか、興味のある方は試みてくだされば大変ありがたいと思っている。介護者からの touching は患者との human relation 醸成にきわめて重要であるが、よし、擦りの下肢マッサージが大して有効でなかったとしても、相手との skinship 保持に役立つという効用はある。

二　快便の変調

朝起き、洗顔して髭をそり終わったころ便意を催し、気持ちよく全量排便し、すっきりした気分で一日を送っていた。しかし、これが不規則になり出して、もう一年にもなるだろうか。決まった時間帯に少量排便し、朝、ジョギングをして朝飯をとって、出勤前に残りを排出して、それで一日が過ぎていた。それが洗顔して後の少量排出がなくなり、また、出勤直前もなくなって、勤務先で用を足したり、あるいは日によっては一日中なしということもあるようになった。あんなに規則正しかったのがなぜかと、あるいは悪性腫瘍でもできたかと、かすかな懸念も抱くようになった。それを思わせるような症状もなかったのであまり深刻には考えてはいなかったが、快便後のすっきり感がなく、なんとなく日中に不快感を抱く時間も長くなった。高齢患者さんで、これまで下剤を所望しなかった方が、ある時から下剤が欲しいと言われ、よく聴いてみると、これまで本当に規則正しく排出していたのが最近不規則になって困っていると、同じような悩みを打ち明けられた。これは、加齢に伴う変調かと、ちょっと真剣に考えてみようと思うようになった。老年医学書には二割強の老人が便秘に悩まされていると記載されている。

高齢者では、咀嚼力の低下で食物残渣（食物繊維）の少ない食べやすい食事をとる傾向があり、また、胃結腸反射（食物が胃に到達したことが刺激となり、結腸に蠕動運動が惹起される反射）の減弱で、大蠕動の低下を招くようになる。この傾向は運動不足、長期臥床などで増強される。さらに、直腸に達した便塊による排便反射の減弱、便意感の低下、腹圧の減弱などが加わって排便困難、便秘傾向になる。また、硬便による肛門裂傷などで疼痛、出血、不快感が不安、恐怖を招き、便意の抑制へと悪循環を起こす。歳を取ると、このような諸因子が重なって便秘気味になるらしい。運動不足は確かに腸蠕動を減弱させる要因ではあるが、自分は毎朝ジョギングで運動は足りていると思っていた。しかし、ジョギングや散歩などとは別の運動形態、すなわちレジスタンス運動も、ひょっとしたら排便活動に関係しているのではないかと思うようになった。

歳とともに放屁の回数が増え、人前で恥ずかしい思いをすることがよくある。昔、子供のころ、村の年寄りが肥担桶《こえたご》（肥桶《こえおけ》：肥やしを入れて天秤棒で担いで運ぶ桶）を担いでふんばって歩く度に、ぷっぷっと音を立てて放屁するのを子供心に面白く、よくはやし立てたりしたものであった。ジムでの三〇分間の筋トレ中、あるいは太極拳を舞っている最中によく放屁する。特に、集団で行っている太極拳では恥ずかしい思いをすることがしばしばである。筋トレも太極拳もジョギング、散歩、水泳などと違い運動形態の主要部分はレジスタンス運動である。トレッドミルやエルゴメーターでの運動以外に、エクスパンダーを引いたり、バーベルを持ち上げたり、ジムでの筋トレなどは明らかにレジスタンス運動が多く取り入れられている。太極拳はジョギングや散歩などと同じ類の運動かと思っていたが、これを演じている間、放屁に悩まされることからして、レジスタンス運動が多く含まれているのではないかと思うようになった。太極拳を自分で演じて、その動きをつぶさに分析してみると、散歩とは異なる運動形態であり、レジスタンス運動がその多くを占めていることが分かった。

さて、排便が不規則になって、朝から排便していないような状態で筋トレを三〇分間もしていると、まず放屁が始まり、その後便意を催し便所に駆け込むということを何回か経験するようになった。朝、排便があった日はわずかの放屁のみですみ、便意は生じない。考えてみると、レジスタンス運動は連続的に腹圧をかけ気張り（いきむ）に似た状態を惹起している。その結果、便塊が大腸に停滞している時はそれを直腸に押し下げ、便意を催させ、排便行動へと移行させるようである。ジョギングなどの運動も腸の蠕動運動を惹起させ下部腸管への便の移行に重要な役割をしているのであろうが、レジスタンス運動は最後のつめに有効に作用しているように思える。レジスタンス運動は運動器の筋肉量の増量、筋力の増強に重要な運動として推奨されているが、排便活動にも重要な働きをしていることが分かった。

若い時は、ちょっとの気張りで、十分腹圧もかかり、スムースに排便できていたものが、加齢とともに腹筋力の減弱などで、最後のつめがスムースに行えず、時間的制約などもあって、排便が不規則になるのであろう。レジスタンス運動三〇分は、ゆっくり腹圧をかけ、ゆっくり便塊を直腸に押し進めるのに適した補助運動なのであろう。この種のレジスタンス運動は、その場の排便活動に結びつく急性効果のみでなく、長期間トレーニングしていると腹筋の筋量を増し、腹筋力も増強して、便秘解消の慢性効果も期待できる。

排便が不規則になってから、スムースな排便活動の補助手段として何が良いか、医学書の記載内容が気になるようになった。その中で、良い排便姿勢は実行してみて効果があるように思えた。すなわち、大腿と脊柱のなす角を三五度に前屈するという姿勢である。便座に座って両脚の太ももの上に両上肢を置き、前屈で約一メートル先の床に視線を落とす。これでほぼ三五度に前屈しているが、この姿勢で気張ると排便がしやすくなる。これで出なければ、ジムで筋トレし、トレーニング中に便意をもよおし、上記の姿勢で、気持ちよく排便するということになる。

三　眼のトラブル

八十歳を過ぎたころ、眼に異物感、時に流涙、眼痛を感じ、眼科医を受診したところ、逆まつげといわれ眼科用はさみで逆まつげを取り除いてもらって不快感はなくなり、すっきりした感じになった。しかし、その際、「一ヶ月ほどしたら、また、逆まつげになりますから、再度受診してください、切除しますから」と言われ、一ヶ月ごとに処置してもらわねばならない面倒さに、ちょっとうんざりした気分になった。これも加齢変調のひとつかと、一、二回処置に通ったが、なんとかならないものかと思うようになり、朝、決まって涙に類する眼薬をさすことにした。睫毛が普通とは異なり、眼球に向かって伸びるため、角膜を刺激して前述のような症状を呈するのが逆まつげである。これだと、眼薬をさしたぐらいでは治癒せず、一月に一度程度の割で、逆まつげを切除しなければならなくなる。しかし私の場合、毎朝眼薬をさしていると、その後逆まつげ症状は生ぜず、したがって眼科で逆まつげを切除してもらう必要もなくなった。

加齢とともに粘膜からの粘液の分泌は減少し、局所は乾燥気味になる。加齢に従い、唾液腺の萎縮に伴って唾液量は減少し口腔内は乾燥気味になる。特定の疾患がない限り、口内乾燥感を訴える人はほとんどいないが、時に、高齢者で口内乾燥感を訴える患者さんがいて、エアゾールの口内乾燥症状改善剤を処方することもある。皮膚も加齢とともに汗腺は萎縮し、その数を減じ、その結果、発汗量が低下する。また、皮脂分泌も低下し、その結果、皮膚は乾燥、粗《そ》糙《ぞう》（きめがあらいこと）となり、若者皮膚に見られる〝みずみずしさ〟がなくなる。このような皮膚では掻痒閾値が低下し、わずかな刺激によっても掻痒感を覚えるようになる。これが昂じたものが老人性皮膚掻痒症である。冬期に増悪し、夏季には軽快する。また、入浴や就寝中身体が温まったりすると痒みが強まる。このような乾燥による障害が眼にも生じているのではないかと考えた。すなわち、涙量のわずかな減少で、眼瞼内側面と角膜の接触面は粘稠となり、睫毛が何らかの原因で内側に折れ曲がった際、その粘稠な面に引っ付き、それが角膜表面を刺激して逆まつげ症様の症状を呈する。

涙に類する眼薬で角膜表面の粘稠さを減弱させることで、折れ曲がった睫毛は角膜に引っ付かず、元の状態に復帰し、逆まつげ症状も生じなくなったと推論している。したがって、眼瞼が特定の疾病で瘢痕化して睫毛の生え方が異常方向に向いて生じる逆まつげには効果がないのかもしれないが、睫毛が折れ曲がって角膜表面に引っ付いて生じるような逆まつげ様症状には有効なのかもしれない。眼薬を毎朝規則正しくさすのみで症状はなくなり、大いに助かっている。

後期高齢者年齢を過ぎた頃からであろうか、晴れた日の早朝ジョギングで朝日をまぶしく感じるようになった。そのころからゴルフ場でもまぶしさが気になるようになり、日中ジョギング時やゴルフプレイ時にサングラスを掛けるようにした。まぶしさはこれで解消したが視力はよくならず、ゴルフレンジで打った球の行方がはっきり確認できず、打ちっぱなしの楽しみも半減するような状態であった。もちろんゴルフ場でのティショットの球の行き先も、キャディーや一緒に回っている仲間の世話にならざるを得ない状態になっていた。若い時は遠視気味で、視力は二・〇あったのにと、最近の視力の凋落ぶりを情けなく思いながらのゴルフプレイである。この視力低下はゴルフの楽しみを半減させるが、実害があるわけではない。しかし、運転免許証更新試験での視力低下は実害を伴う。視力が低下したといっても、両眼視力〇・七はあまり気にせずクリアーしてきたが、八十歳時の運転免許証更新試験で〇・七をぎりぎりクリアーし、次は駄目かと運転免許証の返納を真剣に考えるようになった。行きつけのゴルフ場を近くに移し、自転車かタクシーを利用するということも真剣に考えた。

加齢とともに視機能は低下するが、それが単なる加齢現象によるものなのか、他に特定の原因があるのか分からず、差しあたって、前述の涙に類する眼薬をさすこととサングラスをこまめに使用することのみで様子をみることにした。外出する時は天候のいかんにかかわらず、必ず、サングラスを着用することにした。両眼視力が〇・七以下となり運転免許証更新の際の視力検査で落とされるということになれば、眼科医にちゃんと検査してもらおうと思ったが、それまでは自己流でこの二方法を試みてみることにした。サングラスの着用が視力障害に何らかの効果があるのではないかと思った理由は、太陽光の視機能に及ぼす影響についての医学書を読んでの知識からである。

紫外線を短期間に多量浴びることで、紫外線角膜炎が引き起こされる。いわゆる雪眼と称されるもので、角膜上皮細胞が死滅することで惹起される角膜障害で、角膜全体に点状表層角膜症や角膜糜爛、角膜充血が生じる。予防法はゴーグルやサングラスの着用である。白内障は加齢に様々な要因が加わることで水晶体を構成する蛋白質に変性が生じて水晶体が混濁する疾患であり、紫外線は白内障発症の要因のひとつと考えられている。長期的な紫外線の曝露により、水晶体可溶性蛋白が過酸化反応で変性し、可溶性から不溶性の蛋白質に変化する。これにより、視力低下や単眼複視、霧視などの症状を呈する。そういえば、視力低下はもちろんであったが、飛行機が二機重なって飛行していたり鳥が二羽接して飛んでいたりの景色を経験したが、これらは本症の単眼複視の症状であったようである。その他に、紫外線のみでなく、太陽光曝露で生じる日光網膜症（日食を裸眼で観察した際に生じる）や加齢黄斑変性症などがある。これらはいずれも太陽光が網膜細胞を傷害して視力低下をきたす疾患である。したがって、これら疾患の予防にはサングラスの着用が推奨されている。いずれにしても、太陽光に長期間曝露されることは、軽微であったとしても視力障害的に作用するのであってみれば、サングラス着用でこれらが予防できれば視力低下を抑制する一助になるのではないかと考え、こまめにサングラスを着用することにした。

八十三歳時の運転免許証更新の時の視力試験を恐る恐る受けたが、視力〇・七をぎりぎり確認でき、なんとか更新することができた。視力が上向いたとは思わないが、低下を抑えることはできたのではないかと思っている。これがサングラス着用の効用であったかどうか分からないが、目下の結果はこのようであった。ただ、老眼鏡が曇ってきたためレンズを取り替える際の検眼検査で、老眼の度数が軽くなっていますと言われ、サングラスの着用を含め眼薬をさすなどの目の手入れが役に立っているかと思ったりもしている。確かに、最近、明るいところであれば老眼鏡なしで読書ができるようになっている。

サングラス着用の効用は他にもあった。夜間、運転していると対向車のヘッドライトがまぶしく運転しずらかったが、これを着用することでその悩みは解消した。また、進行方向の照明も思ったほど暗くならず、十分な明るさがあり、その意味での運転の不便さもなく、快適な夜間の運転が可能となっている。サングラスの着用が日焼け止めの効果も発揮しているようで、色黒顔の予防にも役立っている。

四　夜間頻尿

加齢とともに夜間の排尿回数が増える。ここで、その原因疾患の詳細について記述するつもりはないが、内科的及び泌尿器科的疾患が存在しないにもかかわらず、加齢とともに夜間排尿回数が増加する。これは、高齢者の日常生活の質にも影響するもので、その対策について考えてみた。私自身、高齢者年齢に達したころから、朝まで一気に眠るということはなくなり、就寝後一回は排尿するようになった。加齢とともに腎の尿濃縮力が低下し、その結果、就寝後一回ぐらいは排尿するようになる。若い時は、朝、覚醒時の第一尿が濃褐色であるのが、高齢者では淡褐色から、時にはほとんど無色透明といった色合いになるのは、濃縮能減弱の印である。夜間一回ぐらいの排尿では、昼間、眠気を覚えるということもなく、夜間覚醒の実害はほとんどないといってもよい。後期高齢者年齢ごろからであろうか、それが一晩に二回、八十歳を過ぎるころから三、四回と、夜間頻尿と称する状態になってきた。加齢とともに、真剣に考え、答えを出さねばならないというような問題に遭遇することも少なく、頭をフル回転せねばならない必要性は減少しているので、昼間少々寝不足気味でも、大した問題はないが、それでも、読書中にこっくりこっくりすると内容を理解しづらく、また能率も上がらず、なんとかならないものかと思うようになった。もちろん、夜間頻尿の原因となるような疾病は存在しないというような状態での頻尿対策である。このような、高齢者に一般的に遭遇する夜間頻尿の対策について医学書にはちゃんとした記載もなく、自分で試行錯誤的に試してみることにした。三、四回は多いので、せめて二回程度に減じてみたいという程度の願いである。

八十歳ごろから、十時半に床に着くと、一時、三時、五時ごろ、時には六時、覚醒ちょっと前に排尿するということになってきた。もちろん、一回ごとの排尿量はそれほど多くなく、わずかである。なぜか排尿刺激で眼が覚め、そのままでは再度眠れそうでもないので便所で少量排尿して、再び床に入りそのまま眠るが、二、三時間すると再度の排尿刺激で眼を覚まし、便所へ行って少量排尿して床に帰るという繰り返しで、一晩に三、四回排尿するということになった。これは、眠りが浅くなっているため、膀胱内にわずかに溜まった尿量でも十分な排尿刺激と感知し、覚醒して便所に行くことになるということのようである。若い時は膀胱にかなりの量の尿が溜まり、それなりの排尿を誘発する刺激が生じていても、その刺激を刺激として認識しないほどに眠りが深く、覚醒もせず朝まで排尿もせずにすむということになる。その極端な例が、学童期にみられる普通の夜尿症で、十分量尿が膀胱内に溜まり強い排尿刺激のシグナルを発しているにもかかわらず、その刺激を認識できないほど眠りが深く、覚醒に至らず、したがって便所に行かず、膀胱内の停留尿量が膀胱の最大保持容量を超え、失禁するという結果になる。その逆が、一般にみられる高齢者の夜間頻尿である。したがって、排尿時、少量の尿量でしかない。要するに加齢とともに眠りが浅くなり、これが原因でわずかの排尿刺激で覚醒し便所に通い、夜間頻尿という結果になるということである。夜間頻尿の原因はこの眠りの浅さにある。この高齢者につきものの眠りの浅さをわずかでも深くできれば、ある程度夜間頻尿は解消されるのではないかと思い、眠りの浅さの原因を考え、これを改善することを試みてみた。

良質な睡眠を得るためには、睡眠環境を良くする必要がある。加齢とともに恒常性の維持が困難になる。例えば、外気温の変化に応じて体温を狭い変動幅内に維持することが困難になる。その極端な状態が熱中症であったり、低体温症になったりである。それほど極端でなくとも、わずかの気温の変動で夜具内の温度がそれに応じて変化すると、体温の恒常性維持が困難な高齢者では恒常性維持反応が減弱し、わずかではあるがそれなりの体温の変動が生じる。高齢者は夜具内のわずかの温度の変化を敏感に寒く感じたり、温かすぎると感じたりする。恒常性維持能力が減弱すると快適温度の幅が狭くなり、その幅を逸脱した温度では、快適でなくなり、良質な睡眠に必要な睡眠環境は乱されることになる。不快な睡眠環境では良質な睡眠、深い睡眠は得られず、浅い眠りとなる。真冬、気温が低下すると、軀幹ではそれほど寒いと感じていないのに足先が冷たくて眼を覚ますことがある。足先に保温器を用意していても、適切な温度でなければ冷たく感じたり、暑すぎると感じたりする。要するに、暑く感じたり冷たく感じたりの閾値の温度差が加齢とともに小さくなる。すなわち、快適と感じる温度幅が狭くなり、わずかにその温度から外れると不快に感じるようになる。困ったことであるが、これが老化現象というものである。

睡眠環境にはいろいろな要因が関係するが、そのうちでも、高齢者にとって夜具内温度はきわめて重要と思っている。快適な寝具内温度を保つためには、冬などには、外気温に応じて保温器の強度をこまめに調節する必要がある。翌朝の最低気温をニュースや新聞で調べ、それに応じて保温器のダイアルをこまめに合わせている。特に、早春や晩秋の気温変動が大きい時期は、少々神経質すぎると思われるほど、気温に合わせて、保温器のダイアルや夜具の種類、枚数などを調節している。一晩、良質な睡眠が得られるかどうかがこれにかかっているのであってみれば、少々神経質なぐらいに手間をかけても報われるというものである。真夏の夜の温度調節も、高齢者にとっては難しい問題である。エアコンが強すぎても安眠できない。特に、じかに冷気を浴びるような状態では良質な睡眠は得られず、間接的に冷気が得られるように工夫している。二間続きの隣の部屋のエアコンをかけ、その部屋に接する寝室の襖を適当幅開き、最適温度を保つよう工夫している。後期高齢年齢以前はそんな面倒なことをしたこともなかったが、八十歳を過ぎると、こんな工夫もせねばならなくなった。しかし、工夫すればそれなりの効用は得られている。

夜中、排尿後、眼が覚めて寝られないことがある。特に、翌日気の張る仕事などがある時など、うまく任が果たせるだろうか、ちゃんと寝ておかねばと、不安が不安を呼び再入眠できなくなることがある。その時は一、二、三、——と頭の中で数を数えることにしている。人間の脳はよくできたもので、同時に二つのことは考えられず、数字を考えて数えていると、明日うまくいくだろうかという不安を呼び起こす考えは、数字を考える考えに阻まれ、脳に浮かんでもこず、したがって不安が不安を生むという悪循環から解放され、再入眠するということになっている。

良質な睡眠を得るためには、適当な昼間の肉体的疲労も必要である。それを得るための手近な手段は運動である。そのためには、少なくとも、一〇〇〇〇歩の歩行が必要となる。これもほぼ毎日実行した。運動により、生活習慣病からの解放という効用も得られ、まさに一石二鳥である。

このように、睡眠環境を最適に保つべくいろいろな手段を講じたことで、睡眠深度が深くなったのであろうか、夜間排尿三回ということはなくなった。たかが一、二回の違いであるが、翌朝の覚醒時の気分は大いに異なり、目下はこんなところで満足している。

以上記述したように、加齢とともにいろいろな身体的変調が生じてくるが、これらはほとんど老化現象によるもので、そうなるのは仕方がないといえば仕方がないが、ちょっと注意を払い、それなりにこまめに対応すれば、老化による変調を若干でも緩和できるようである。八十歳を過ぎれば、若い時のように特別の対応もせずあるがままに生活して良くなるということはない。きめ細かな手当てが必要で、また、これをすればまだ効果が期待できる年齢でもあるようである。

五　めまい

七十九歳の誕生日が三日後という一月末日、朝起きて洗面所で洗顔し、髭をそろうと鏡に向かったとたん、ぐらぐらとして立っておられず、嘔気も生じ、這うようにして蒲団に逆戻りした。仰向けに寝ると天井が廻り出し、床も上下に動いて、身の置き所がない気分になった。眼を閉じてみても状態は変わらず、嘔気が強くなり、洗面器を持ってきてもらい吐こうとしたが、吐物は出ず、ただ嘔吐反射のみが続いた。しばらくすると、便意を催し、這いながら便所に行き用を足したが、めまいと嘔気は改善せず、蒲団の中でもだえた。そのうち、右側頭位で横になると、めまいや嘔気が若干ましであることが分かり、なんとかその体位で一日を過ごした。若い時、講義で板書した際、黒板の固定が悪く黒板が揺れた時などに、軽いめまいを経験したことはあったが、今度ほど強烈な発作は初めてで、どうなるのだろうと不安感はつのった。翌朝、少しはましになっていたが、勤務先の病院で診察ができるような状態でもなく、大学病院に入院し精査してもらうことにした。病棟に上がる前に先に頭部ＭＲＩ検査を受けたが、その結果、出血も腫瘍もありませんでしたよと脳外科医に告げられ、最悪の病気でなかったことに一安心した。入院二、三日で、めまいも軽減し、二月二日、「お誕生日おめでとうございます」と書かれたカードが乗せられた病院食に、なんとか箸をつけることができるようになった。二月三日の徳島医学会賞受賞講演は同僚のＫ先生にお願いして、おとなしく療養することにした。その間、いろいろな検査があって退屈はしなかったが、平衡機能検査などでめまいが誘発されそうになり閉口した。耳鳴り、難聴もなく、中枢性めまいかと自己判断して最終的な診断結果を待つことにした。入院してほぼ一週間後の土曜の夕刻、主治医が病室に訪ねてきてくださり、これまでの経過、検査の結果などから、椎骨脳底動脈循環不全によるめまいの可能性が高いと話してくださり、週明け月曜日にでも退院してくださって結構ですと言われると、帰心矢のごとしで、「それでは今日でもよいですか」と打診し、その日のうちに逃げるように退院させていただいた。「いつでも退院してくださってよいです」と申し上げると、患者さんがその場から逃げるように退院されるのを、そんなに急がなくってもと思ったりしていたが、患者の立場になるとその心理がよく理解できた。

帰宅してしばらくは頭が重たく、眼に力が入らないような軽い自覚症状はあったが、退院一週間後ぐらいからリハビリも兼ね、朝夕半時間ほど散歩をするようにした。退院二週間目から勤務に復帰し、生活もほぼ病前のごとくで、朝のジョギンクも三キロぐらいから再開できた。めまい患者にとって、理髪店で座っている位置から台を倒して寝かされたり髭そりで頭を左右に振られるのは、めまいが起こりそうで怖かったが、それも何とかクリアーできた。その後、抗めまい薬のみで、無事一年が過ぎた。ところが、八十歳の誕生日が三日後という一月三十一日、一年前と同じめまい発作に見舞われた。発作は前回ほど強烈でなかったので入院はしなかったが、それでも二、三日安静にして症状が軽快するのを待った。その後の経過は前回とほぼ同じで、しばらく眼の重さを感じながらも、ジョギングをしながら元通りの体調の回復を待った。今回は耳鳴りが加わったので、めまいの機序が若干前回のそれと変わったのかもしれないが、ふらつきがなくなってしばらく経っても耳鳴りは続いているので、この耳鳴りはめまいと直接関係のない加齢による耳鳴りがたまたま期を一にして合併したのかもしれないと思っている。

いずれにしても、ジョギンクをしてもめまい症状が再発せず、むしろすっきりした感じになるのは、走ることで血流不全が若干でも改善した結果なのかと勝手に判断し、可能な限り走るようにした。

二年連続で同じ日に発作が生じてみると、なんとなく気持ちが悪く、誕生日あたりが鬼門に思え、何が原因なのか、またそれに対する対策はないのだろうかと考えるようになった。椎骨脳底動脈循環不全とするなら、頸椎の回転や傾きなど、首の曲げ具合が脳底動脈に影響し、血流量の減少することが起こり得て、それがめまいにつながったのではなかろうかと、推論した。そこで、発作前の状況を思い起こしてみると、いずれの際も講演準備や原稿書きに忙しく、長時間コンピュータを使ってスライドを作ったり原稿を書いたりしていたことが分かった。使用しているコンピュータの画面が水平目線より、やや上方に位置していて、したがって、コンピュータを操作する際は首を上向けに背屈してキーをたたくことになっていた。この姿勢を長時間続けていると、頸背部が重たく、凝ったような感じになっていた。この姿勢を長時間続けていることが発作誘発の一因になっていたのではないかと考え、急ぎの用があっても、一日一時間以上連続してコンピュータを操作しないことにした。さらに、目線がコンピュータ画面を下に見るよう、椅子をやや高く調節して操作をするようにしている。この対策が効を奏したのか、ここ四年間、一度夏に軽い発作が生じたのみで発作は再発していない。

六　晴天の霹靂

八十四歳を迎えた、二月六日、早朝、吉野川土手の自動車道を横切って、階段状の下り道の接する所で、前日降った雪に足をとられ滑って仰向けに転倒した。滑らないためにと、その日は登山靴を履いていたにもかかわらず、自動車が間近に迫っていたこともあって、急いで渡ろうとして蒲鉾状になっている道端で滑った。後頭部を思い切り強打したようで、一瞬、気を失った。かぶっていたニットの帽子が数十センチ離れた所に飛ばされており、これを車に乗っていた人物が「大丈夫ですか」と声をかけながら拾い上げてくれた。「はい、大丈夫です」、と言って、すぐ立ち上がることができた。ニット帽のおかげで頭部に切創などの外傷はなかったが、後日、ちょっと大きなこぶができているのに気付いた。ふらつきもなく、現場から二、三百メートル離れた自宅に歩いて帰り、朝食も普通に摂ることができた。しかし、食後、気分が悪くなり、蒲団を敷いてもらって横になった。その時の血圧は一五〇ミリHgで、常より二〇〜三〇ミリ高めであったが、嘔気もなく、時々眠りながら午前中横になっていた。午後になっても嘔気、頭痛、四肢の麻痺症状はなく、急性の頭蓋内出血はなさそうと判断して起きることにしたが、頭は重たく、気分も優れなかった。翌朝、別に変わったこともなかったので、散歩は少なめにして常のごとくラジオ体操をしたが、首を振った途端にめまいがしてふらつき気分も悪くなった。しかし、しばらく椅子に座って休んでいると気分もよくなったので、その後は常と変わらない生活をした。二月九日の外来診察も無事すませることができ、歩くと頭にできたこぶの部分がちょっと響くが、それほど大したこともなく、このまま軽快するかと思われ、検査もせずジョギングを中止したぐらいで事故前とほぼ同じような身体活動の日々を送った。

次の週、勤務のある金曜日、二月十六日、心配してくれる同僚に背中を押されて頭部CT検査を受けた。その結果、「左大脳半球に面する脳外スペースは対側のそれより広く、また、頭蓋骨に沿って内側に板状のきわめて淡い濃度上昇域が認められる」との所見で、左硬膜下血腫あるいは硬膜下水腫と診断された。主治医の脳外科医から、「気分が悪くなったり、頭痛、麻痺症状が出現したらいつでも緊急コールしてください」と、携帯電話番号を教えられ、ことの重大さを認識し、ゴルフもジムでの筋トレも中止し、おとなしくすることにした。その後、時々のふらつきはあるものの、嘔気、頭痛はなく、麻痺症状も出現しなかったため、ゆっくり気味の散歩は続けることにした。

受傷約四週間後、三月二日のＣＴで「前回水腫様であったが、今回は高濃度部分が出現し、新たな出血と考える。硬膜下腔を占めるスペースは増大しており、脳表の圧排像が前回より目立つ。また、右硬膜下腔にも対側より軽度であるが、血腫がある」という結果になった。検査所見は軽快どころか悪化しているということになった。出血量が多くなって、血腫が増大すれば脳を圧迫して麻痺症状が出ることも考えられるため、最悪手術かと腹をくくった。散歩も頭に響いて出血を増大させる可能性もあるのではないかと考え、散歩もやめ、読書などをして終日家にとどまることにした。屋内のみの生活になると、一日の歩数は一〇〇〇〜二〇〇〇に激減し、これまで少なくとも一〇〇〇〇歩歩いていた生活から一〇〇〇〜二〇〇〇歩の生活になって直ちに気がついたのが、体重増加である。毎朝体重を測定していると、その変化を如実に認識することができた。これで、これまでの体重を維持しようとすると、かなり食事量を減らす必要のあることが分かった。患者さんが、「ほんとに食べてないのに体重が減らないのです」とよく言われていたが、なるほど、そのようなこともあり得るなと、運動していない人の最適体重維持の難しさがよく分かった。

前回からほぼ二週間、受傷六週間後、三月十五日のCTは「硬膜下腔を占めるスペース前回と変わりなく、脳表の圧排像も前回とほぼ同程度に認められる。血腫の性状は高濃度部分の濃度の低下が見られる。右硬膜下血腫、今回は認められない」、どうも出血は止まりつつあるようで、右硬膜下血腫の消失も、それを物語っているのではないかと判断された。これらの所見は経過が良い方向に向かっていることを示すものである。普通の日常生活に戻してくださいと主治医から言われ、中止していた散歩を再開し、まず二〇〇〇歩ぐらいから始めることにした。特に異常は感じなかったが、歩くと脚が重く、足に力が入らず、とぼとぼした歩みになっていることが自分でもよく分かった。たかが、二、三週間の安静でこれほど脚力は低下するものかと、ちょっとした驚きであった。歩くとふらつき、足底が大地をちゃんと捉えていないようで、歩行がなんとなく不確かという感じが続いた。頭がやや重く、一枚皮をかぶったようで、頭の存在を認識する、そんな感じがしていた。

さらに、二週間、受傷ほぼ二ヶ月後、三月二十九日のCT「硬膜下を占めるスペースは前回と変わりなく、脳表の圧排像も前回とほぼ同程度に認められる。血腫の性状は高濃度部分の等濃度化が進んでおり、全体が低濃度となっている」。CT所見はさらに改善しているようなので歩行距離をさらに延長し、一〇〇〇〇歩前後とする。家庭菜園で鍬で耕すことはしないが、コンティナに入れた土の持ち運びは再開した。
受傷約三ヶ月、四月二十五日のCT「左硬膜下血腫縮小、血腫の性状は全体が均一に低濃度になっている」。出血は止まって、血腫も吸収されつつあると判断され、主治医から「普通の生活に戻してください」と言われ、散歩歩数を病前の歩数に戻し、ジムでの筋トレを再開した、
受傷約四ヶ月、五月三〇日のCT「ほとんど完全といってもよい程度に血腫は吸収されている」。主治医から、ゴルフ、ジョギングを含め病前の生活に戻してもよし、の許可が出、CTの再検も必要なく、無罪放免となった。
ジムで軽めの筋トレを再開したところ、わずかに残っていた歩行の不確かさが改善したように感じられた。下半身の筋トレとして、seated leg curl、ペダルトレーニングをしているが、どうも前者が効いたのではないかと思っている。アキレス腱の部分に錘のついたバーを載せ、半座位で上下に下肢を上げ下げするトレーニングで、ハムストリングの強化につながるといわれている。しばらく続いていた不確かな歩行は頭部外傷による平衡機能障害によるものでなく、しばらくトレーニングを怠った特定の筋肉の筋力低下による平衡機能障害の結果であったのかもしれない。いずれにしても、硬膜下血腫が増大して脳を圧迫し、いろいろな神経症状を呈することなく収束方向に向かい、最終的に完治し、元の状態に復し得たことは大変ありがたいこ

とであった。「もう大丈夫ですが、再度頭を打たないように」と、主治医から再々注意され、油断大敵と気を引き締めながらの生活が続いている。自転車に乗って転倒しては大変と思い、ヘルメットを購入して、それに対する対策も講じている。

二〇一七年秋以来、左アキレス腱に疼痛を覚え、朝のジョギングをしばらく控え、痛みが軽減すると再開するということを繰り返し、疼痛がなかなか完治しなかった。転倒、硬膜下血腫でジョギングを数ヶ月間禁止せざるを得なかったおかげで、この度、再開してみて、疼痛が寛解していてスムースに走ることができるようになっていた。今となっては、硬膜下血腫も、安静を強いる神の贈り物だったかと、感謝している。

高齢者が転倒して頭を強打すると、硬膜下血腫を生じ、麻痺などの症状が出て手術をするというのが普通の経過で、そうならなかったのは稀有の幸運であった。これまで、高齢患者が頭を打った後、麻痺などを訴え、CTを撮ると、硬膜下の大きな血腫が脳を圧迫している像を認めるというのがほとんどであって、水腫の状態から血腫になり、やがてそれが縮小していく経過を経験したのは、一般内科医としては自分の例が初めてで、非常によい勉強になった。

私の場合、なぜ大血腫にならなかったのであろうか。それにはいろいろな要因、例えば転倒時の打撲の強度、部位などが関係したのであろうが、服薬状況なども重要な要因になることもあるのではないかと思った。数日前、中学以来の親友が二日間の入院生活の後急死したという知らせに接し大変なショックを受けたが、子息の説明では小脳出血で延髄辺りに大量の凝血塊がたまり、その部を圧迫していた状態であったという。彼は心房細動で、病根部を切除するカテーテルアブレーション術*を受け、一応治癒したが、念のため抗凝固療法を継続していた。俗にいう血液さらさら薬の一種を服用していた。この薬剤は血液凝固を抑制する作用があるので、いったん出血が生じると、止血しにくくなり、大出血になることがある。親友の大出血はこれが一部関与したのではないかと思っている。以前、抗凝固剤を服用している患者さんが事故で足に深い切創を作り、縫合したがなかなか止血せず、血液さらさら薬の怖さを経験したことがあった。この種の薬剤は梗塞の予防には有効であるが、出血の頻度は高くなる。私は幸運にも、この種の薬剤を服用していなかった。これを服用していたら経過は変わったものになっていたかもしれない。血液と滲出液がたまった血腫は薄い膜で嚢状に包まれて存在し、その嚢表面に新生血管が生じ、時にそれが破綻して出血すると、主治医から説明を受けた。それなら、この

＊ カテーテルアブレーション：経皮的にカテーテルを心内の標的部位に挿入し、カテーテル先端と体表に装着した対極板との間で通電を行うことにより、心房細動の原因となる異常興奮発生部位を選択的に焼灼し、心房細動を根治する治療法。

新生血管が破裂しないためにどうすればよいか考えた。糖尿病網膜症の際に生じる新生血管も同じく脆弱で破裂しやすく、したがって、患者さんには普通の散歩程度の運動はよいが圧がかかるようなレジスタンス運動（息を止めて、気張るような運動）は控えるようにと注意していたが、頭の中の新生血管も同じと思い、筋トレなどのレジスタンス運動は控えることにした次第である。

若い人は大脳の萎縮がなく、大脳と頭蓋骨はそこそこぴったりとくっつき、隙間はない。加齢とともに大脳萎縮が進むと頭蓋骨との間に隙間ができ、出血しても圧迫する物がなく止血しにくいのではないか、これが高齢者に硬膜下血腫ができやすい一因かとも思った。それなりに認知機能は健全に働いているので、私の大脳は萎縮していないだろうと自惚《うぬぼ》れていたが、今回、自分のＣＴ像を見て、がっかりした。年齢相応に大脳は萎縮し、頭蓋骨と脳表面との間にちゃんと隙間があった。したがって私の場合、大脳が出血部を圧迫して、止血に働いたとは考えられず、打撲の程度が軽かったのと、血液さらさら薬を服用していなかったのが幸いしたのであろうと思っている。溝の深い登山靴でも靴底の溝の部分に雪がつまると、滑り止めにならないこともよく分かった。次から、雪の日の翌日はアイゼンをまいて散歩することにする。

第2章　八十歳の頭

八十から始めた家庭教師

二〇一四の六月ごろであったろうか、長男夫婦が連れ立って訪ねてきて、孫娘の勉強をみてほしいと懇願された。孫娘は小学校五年生になっていたが、親子面談で「もう少し頑張ってください」と言われ、学校からの帰路、途中にある我が家に寄って、前記の歎願ということになった次第である。私自身は外来診察を週一回に減らし、四国大学大学院で源氏物語の勉強でもしようかと、四月から始めたところで、閑《ひま》といえば閑な身分であり、他ならぬ孫娘のことでもあり、一肌脱ぐことになった。

当時の孫娘は一応、二、三、塾にも通い、それなりの勉強の態勢にはなっているようであったが、学校の課題、塾の宿題など、やらねばならないことが多く、やや消化不良気味のようであった。そこで、週一回の算数の塾のみは残し、他は自家製家庭教師が面倒をみるということになった。長男は単身赴任で、よくて週末に帰ってくるのみであり、母親も仕事があり、娘の勉強にゆっくり付き合うのが難しい状態であったので、月、水、土曜日、時に必要に応じ日、火曜日がじいじの出番ということになった。理科、社会が当初頼まれた教科であったが、テスト前になると算数、国語もということになり、アシスタントのばあばと手探りの〝島塾〟が始まることとなった。振り返って考えてみると、認知症予防の願ってもない良い脳トレになっているようである。

一　点取り虫、何が悪い

私自身、一般の人よりは長い学生生活を送り、したがって、学生生活につきもののテストも人一倍多く経験している。その経験から、自分なりの勉強の仕方、あるいは端的に言ってテスト勉強のノウハウについて、数十年間の蓄積がある。画期的というほどではないが、それがきっかけで席次が少々飛躍した二、三の出来事が思い出された。それは記述するのも恥ずかしいような些細なことだが、しかし、それがきっかけで、高校生時代その他大勢から、組で何番かになり、次いで学年で何番かになったのも事実である。

高校一年生の時、カンニングペーパーを作成するという手間のかかることはしなかったが、隣の男の解答を盗み見てのカンニングは時々はやって、ある時、教師から注意を受けたことがあった。その時、カンニングをしても、大して点が上がるわけでもなく、時には間違った解答を写して減点になる、ということを悟った。びくびくして悪事を働いても得にならないことを自覚し、以後カンニングは絶対しないと自分自身に誓った。ヤマをかけて試験に臨むのもカンニングに頼るきっかけになったと悟り、これもやめ、試験範囲を端から端まで隈なく勉強することにした。その結果が、組でのその他大勢から、何番という席次にちょっと飛躍する結果になったということである。

高校一年生の三学期、同じ村の二年上の先輩が大学受験をし、その経験を下校の道々興奮気味に語ってくれた。田舎であったためもあって今ほど受験勉強も過熱しておらず、高校一年生にとって、大学受験はほとんど頭になかった。そんな時、先輩から試験の内容を生々しく話され、まさに晴天の霹靂のようなショックを受けたのを、今でもよく覚えている。試験で英語のディクテーションが出題され、その問題、“We maintain ...”で始まる英文を聴いて書くという試験について、身振りを交えて説明してくれた。この情景を今でもありありと思い出すところをみると、自分にとってはかなりのショックだったのであろう。一回ぐらい勉強してのうろ覚えでは到底満足な点は取れず、反復学習することが必要だと、こんこんと先輩に言われ、なるほど、そんなものだろうと悟り、遅まきながら中間、期末試験で、そのように努力することにした。その後の経験から、試験勉強せずぶっつけ本番で試験を受けると大体六〇点、一回通りの復習で七〇点、二回で八〇点、三回で九〇点になることが分かった。一回通り勉強するのに結構骨も折れ、時間もかかるが、二回目はその半分の努力で、三回目は三分の一の骨折りと時間で仕上がることができることも分かった。学年で何番という席次になったのはこの方策を実行してからである。

孫娘はまだ自分で計画を立て、その通りに勉強ができるという域には達していなかったので、当方が計画を立て、五年生の夏休み期間中その方策を試してみることにした。ヤマをかけず、各教科、教科書、副読本、資料集などを三回通りちゃんと読み、計算し、書き、記憶するよう努めさせた。夏休み中で時間的余裕があるはずであったが、実はなかなか時間が取れず、少々焦り気味にもなった。十分時間が取れなかったのは、自学という宿題（毎日二ページ何かを書いて提出）、各科ごとに課せられる課題（教科書または副読本の一ページを二ページにまとめる）などに結構時間が取られたためであった。

それでも、夏休み明けのテストではこの方策による効果は出たようで、初めて理科で一〇〇点が取れたと、学校からの帰路、喜んで報告に来てくれた。心の底からうれしかったのであろう、友達には悪かったが、自然に頬が緩んで困ったなどと言っていた。得点にあまりこだわらず、要は理解ができていればよいと、点取り虫は必ずしも賞賛の対象にならず、むしろ揶揄嘲弄の対象のごとき評価のされ方が一般的であるが、孫娘の心からの喜ぶ様を目の当たりにして、その評価は必ずしも正しくないように思われてきた。子供なりに、強いられたとはいえ、苦しい勉強をし、試験を受け、その努力が成果として報われた時、心の底から湧き上がるような満足感、子供心にはまだ理解できないであろうが、達成感を感じたに違いない。

一部の児童を除いて、一般の児童にとって、勉強は楽しいとは思っておらず、一種苦痛を味わいながらの作業である。そこで、ある目的が達成できた際の喜びは、それはそのことだけに打ち込める年齢の者にとって、純粋に、それを達成した喜びであり、正真正銘の達成感を味わっていることになる。達成感の積み重ねが、人生の幸せ度につながっているのであってみれば、ここで達成感を味わうのは孫娘にとって貴重な経験で、そのような意味で一〇〇点が取れたことを、じいじとしては心から祝福してやりたい気持ちである。点取り虫は悪くない。

二　昔と変わった教科書の中身

(一)　社会科(歴史)——太平洋戦争、実体験の社会科

孫娘が習う教科で社会(歴史)の後半部分は、一部、実体験したものとして、単なる歴史的

事実の記述を超えた、子供の時の思い出を鮮明によみがえらせてくれた。特に、太平洋戦争突入のあたりから終戦直後からしばらくの時期までのことは、孫娘にとっては小学生として、まさに、このあたりの歴史を初めて習う歴史なのだが、で、私は当時の出来事を思い出し、感無量のものがあった。教科書では、その部分は、以下のように書かれている。

「日本はドイツ、イタリアと同盟を結ぶとともに、石油やゴムなどの資源を求めて、東南アジアにも軍隊を送りました。こうした動きに対して、中国を援助していたアメリカは警戒を強め、日本への石油の輸出を禁止するなどしたため、両国の対立は深まっていきました。一九四一年十二月八日日本はハワイ真珠湾にあるアメリカ海軍基地を攻撃し、ほぼ同時に、イギリス領のマレー半島にも上陸しました。こうして日本はアメリカやイギリスとも戦争を始め、戦場は東南アジア各地から太平洋の島々にまで広がっていきました。日本は、初めは勝利を重ね、東南アジア各地や太平洋の島々を次々に占領しました。」

この部分は私が小学校二年生の時に実体験した出来事であった。「大本営発表、大日本帝国陸海軍は――」で始まるラジオからの放送で、太平洋戦争が始まったのを知った。日中戦争が膠着状態で、なんとなくうっとうしい雰囲気であったので、これでパッと良い方向に展開して、うっとうしさから解放されるのではないかと子供心に何か期待するものがあった。学校では白地図に日本軍が占領した地域を赤色で塗りこめ、日々それが拡大するのを喜んだ、また、マレー半島に上陸した自転車部隊が、自転車を駆ってシンガポールに進軍した模様のニュース映画を映画館で見て、欣喜雀躍したものである。小学校は、まもなく国民学校に改称され、その呼称は終戦まで続いた。従って、私の小学生生活は総て国民学校生生活ということになり、どっぷりと戦時教育に浸され、特殊な教育を受けたことになる。「一九四〇年隣組がつくられ、住民どうしが助け合う一方、互いに監視する仕組みが強められた」。隣組が小学校に入学した年に組織されたことは知らなかった。「とんとんとんからりんと隣組、窓を開ければ回覧板、まわしてちょうだい回覧板――」と当時はやっていた隣組の歌を孫娘に歌って、聞かせたが、これが互いを監視するしくみであったとは、思いもよらなかった。「戦争中、男性の多くは戦争に動員され、また、言論や出版の取り締まりが強まった。都会の子供は空襲を避けて地方へ集団疎開することになった」。私も昭和十八年、一九四三年空襲をさけて、父親の出身地の岡山県の片田舎に縁故疎開した。国民学校四年生であった。ちょっと早めに疎開したため、田舎では疎開児童は珍しい存在で、都会的服装（例えば半ズボン）などのため、いじめにあった。ただ、有難いことに親戚の上級生にかばってもらい、ひどい仕打ちは受けずにすんだ。

昭和十九年父親に召集令状がきて、「勝って来るぞと勇ましく、誓って国を出たからは――

ー」と歓呼の声に送られて、出征していった。それから、母親と兄、妹の四人の生活が、終戦二、三年後、父親が復員してくるまで続いた。「進め一億火の玉だ」、「欲しがりません勝つまでは」、「撃ちてし止まん」、などの標語を唱えたり、習字に書いたり、今から考えると、自己洗脳に明け暮れた日々であった。

「一九四五年八月十五日、昭和天皇がラジオ放送で日本の降伏を伝え、十五年にわたる戦争はようやく終りました。」

終戦という出来事は子供心にも大きなインパクトであったのであろうか、その情報が伝えられた時の情景を私は今でも鮮明に覚えている。夏休みの昼下がり、池の排水口から流れ落ちる水路と小川との接する落合で、一人で川をせきとめ、水をかき出して水路を干上がらせて、魚をつかみ取っていたところへ近所の友達が、「日本が戦争に負けたらしいぞ」と知らせてくれ、「え、そんなことあるか」と言って反対してみたが、「天皇陛下がラジオでそう言っとる」の一言で、がくんとなった。バケツも何も、ほったらかして走って家に帰ったのを覚えている。

戦後改革のひとつに農地改革がある。『小学問題集コア社会6』(女子学士版)には、「政府が地主から土地を買い上げ、小作人に安く売り渡す改革」と説明されている。この改革は私たち一家の生活に大きな影響を及ぼしたので、深く心に刻まれている。昭和十八年岡山県の片田舎に疎開した際、父親は自分が出征する可能性をも考慮してか、三段ほどの農地を買ってくれていた。要するに、農地三段ほどの地主になったわけである。当時、地主は小作人から収穫の半分を年貢米として受け取ることが出来たので、我が家も三段分の収穫の半量の米が納められ、それで生活することができたというわけてある。どれほどの米をもらっていたのか定かでないが、おおよそ十俵（四石、七二〇キロ）位ではなかったかと思う。開戦間もなく米は配給制になったが、その際、成人男子には一日三合が配給されていたようで、それは年間ほぼ一石に相当する。子供を含め四人家族であれば、三、四石で一年間は充足されるという計算からか、田圃三段の地主にしておいてくれ、そこから上がる年貢米のおかげで、終戦までは何とか飢えをしのぐことができた。それが農地改革で農地は取り上げられることになったため、自作農になり、自分で田圃を耕作し、自分で米を作る必要にせまられることとなった。そんなことで、三段の半分を小作人から返してもらい、一段五畝の自作農になった。それまで畑仕事をしたことのない母親と中学二年、一年生の兄と私、就学前の妹、四人のにわか百姓の生活がはじまった。まわりの親戚の援助を受けながらも、しなれない一段五畝の百姓仕事は大変であった。今と違って総てが人力による農作業で、また、物資窮乏の時で、満足な農具もなく、親戚からかりてきた農具を使って、耕し、水をひき、田植えをし、真夏には這いつくばって田の草（除草）をし、秋に刈り取り、稲束を稲干し桟にかけ、脱穀し、このようにして一年分の食い扶持を得るという生活であった。稲を刈り取ると、三つ目鍬で畝を作り、裏作の麦の植え付けもしなければならなかった。田圃に水を引くのに水車を踏む必要があったが、栄養失調気味の中学生では目方もなく、水車が旨く廻らなかったのには閉口した。真夏の田の草は腰も痛いし、むっとする暑さに辟易としたが、真夏ゴルフ場でしゃがんでtee upなどしている時のむーとする暑さが、この情景を思い出させるが、ゴルフ場の暑さは田の草に比べると極楽のようなものである。山の畑にしもごえを運ぶのも中学生の仕事で、登校前に運んでおくと、母親がそれをまいて、空の肥樽を持ち帰るという段取りであった。初めはちゃぷちゃぷと揺れて、なかなか拍子が取りにくかったが、高三で百姓を辞めるころには一人前の百姓のごとく上手になったが、そのせいで、

一口メモ　終戦直後の杞憂：進駐してくる米英の兵隊が女性や我々子供をさらいに来るかも知れないので、男装して身を守るが、山奥に逃げたが良いのではないかと思っていた。しかし、半年もしないうちに、それが杞憂であることが明らかとなった。それは、ダグラス・マッカーサー連合国軍最高司令長官の統治能力によったのであろうが、当時、一人で総てを取り仕切る人の代名詞として、「ありゃーマッカーサーじゃけんのー（岡山地方の方言での表現）」と云ったり、「マッカーサーしよる」と動詞に使ったりもしたが、いかに司令長官の威令が天下にひろく響き渡っていたかを物語るものである。後任のリッジウェイ将軍の名前をそのように使ったことはなかった。

脊が伸びなかったのではないかと悔やんでもいる。

(二) 理科――レベルの高さに驚く

自分の専門分野である人体の章に自然に目が行く。五年生の理科の副読本「人が生まれるまで」の章の内容の高さに驚かされた。

「受精卵の成長」

①成長の始まり:母親の卵管の部分で受精した受精卵は約一週間かけて子宮にたどりつきます。

②四週目:頭と心ぞうがはっきりしてきて、こ動がはじまります。

③六週目:手足、目、耳があらわれるが、かたちははっきりしません。頭からしりまで約二センチです。たい児はへそのおを通して子宮のたいばんから養分と酸素をもらって成長します。

④八週目:整った形の指ができてきます。頭からしりまで約三センチです。

⑤一〇週目:まだあまり人らしくはないが、はっきりしたからだの特ちょうがみえてきます。足の指が発達します。頭からしりまで約七センチです。

⑥十一週目:おがなくなり、手足の指がよりはっきりします。このころになると男女の区別

もつくようになります。

⑦十四週目：人らしい形になってきます。目と耳が十分発達します。このころ、母親はたい児の動きを感じるようになります。

⑧二十一週目：まつ毛やまゆ毛、頭はつ（かみのけ）がこくなり、体型が整ってきます。ちょう覚機能も発達してきます。

⑨二十六週目：消化器とこきゅう器の活動が目だちます。しかし、たい児は、母親からの養分をへそのおから血液にとり入れており、実際にはまだ消化器とこきゅう器としてのやくわりは行っていません。

⑩三十七週目：手や足もふっくらし、つめが生えています。かみの毛ものび、母親の体外に出る準備が整っています。

⑪三十八週目：母親のからだの外へ生まれ出ます。身長約五〇センチ、体重二五〇〇〜三五〇〇グラム。

胎児の成長について、ここまで詳しくは知らなかった。医師国家試験でこれを問題として出題した場合、どれだけの医師の卵が正解するか、大いにあやしいものである。ちなみに、章末に理解の程度を確かめるテスト問題があるが、この部分についての問題を記述してみると、次のようなものである。

次の文はたい児の成長について述べたものです。①〜④に当てはまる時期をそれぞれ選びなさい。①活発に動くようになる。②目や耳ができ、手や足の形がはっきりしてくる。③かみの毛やつめが生えてくる。④心ぞうが動きはじめる。

ア　四週目、イ　八週目、ウ　二十四週目　エ　三十二週目　オ　五十六週目

六年生の副読本では、からだのつくりについて、呼吸、食べ物の消化と吸収、心臓と血液の各項目に分かれて五年生の胎児の成長と同じぐらい詳しく記述されている。それでも、人体についてはあまり苦労せず教えることができたが、電磁石の仕組みでは、オームの法則が出てきたり、右ねじの法則（五年）が述べられたりで、これらは〝昔取った杵柄〟とはいかず、その部分をよく読み直し、昔の記憶もよみがえらせ、なんとか切り抜けられたが、これらは高校で習ったのではなかったかと思う。難儀したのは月の満ち欠けで、これについてはどこかで習ったという記憶がない。この章は、家庭教師にとってよい勉強になったが、最後まで自信がなく終わった。

中学ではサイエンスという教科になっているが、要は理科である。昔の教科書との内容面での相違は別として、実験に際しての注意が事細かく記述され、そこまで必要かと、少々過保護

気味なのに、世相の反映を感じた。

草の茎を輪切りにして、道管、師管などを観察する実験で、「!カッターナイフを使う時は、手をきらないように、じゅうぶん注意する。ニンジンを持つ手には軍手をはめ、T字かみそりで手を切らないよう、じゅうぶん注意する」。昔は教科書にそんな注意書きもなかったし、先生もこれしきのことに対して細かく注意もしなかった。間違って手を切ると、ああこのやり方がまずかったのかと、痛みを体験して安全な切り方を自分で工夫したものである。「!気体検知管のうち、酸素用検知管は使用すると熱くなるので冷めるまで直接さわってはいけない」。火傷するほど熱くなるんだろうか? 堆積岩の性質を調べる際、石灰岩とチャートに釘で傷がつくか調べる。「!力をいれすぎて怪我をしないように注意する」。中学生なら、そのぐらいの手加減は分かっているのでは? ガスバーナーの使い方、「!火を消してしばらくは、筒の先が熱いので注意する」。一度さわって熱さを体験すると、本能的に二度とさわらなくなるが、注意書をすーっと読んでいただけでは、何かの拍子に筒の先をつかんで大火傷をすることがあるのでは、などなど、こまごました注意事項が、枚挙にいとまがないほど頻繁に記載されている。あまり注意事項が多いと、本当に重要な注意事項も同じように軽々しく扱われて大事故を起こす原因になるのではないかと、いらざる心配をしたりもした。悪く勘ぐると、編集者の一種の責任逃れのため、こまごまと注意事項を並べ立てているのではないかと、思ったりもする。例えば、同じような注意事項が数学の教科書にもあるほどである。反比例の実験例として線香に火をつけて燃える時間と燃え残る線香の長さとの間の関係を示した例で、ここでも火傷しないように注意することと付記されている。

電気製品をはじめ、販売されているいろいろな製品には安全使用のため、こと細かく注意事項が書かれている。理科の教科書に、それに類するようなこまごました注意書きは必要なのであろうか。後々のために、体験させておいたほうがよい軽微な失敗と、これは絶対させてはならないミス、これらを区別し、知らしめる親切があってもよいと思うが、そのような考えは間違いなのであろうか。

(三) 英語——英語教育の変化に今昔の感

孫娘が中学生になると、英語をも担当することとなった。アルファベットの書き方が、筆記体からブロック体に変わっているのに驚かされた。確かに、筆記体で書かれると、書き手の癖が出すぎて正しく読めないことが多々あり難儀をしたが、一方、ブロック体では間違いは少ないだろうが、すばやく能率的に書けないのではなかろうか。慣れればそうでもないのだろうか。

筆記体で書きながら、単語の綴りを覚えた世代の者には、ブロック体では綴りが覚えにくいのではないかと危惧するが、どんなものであろうか。英単語で前の英文字から次の英文字と続くと、なんとなくその英文字を中心に前後の英文字を手が覚えて、綴りを間違えると、手が、その運びの道筋の違いに違和を感じ、頭もおかしいとこれに呼応して綴りの間違いを感知しているように思っていたが、ブロック体で一字一字が独立していると、筆記体でのこのような前後の流れ、道筋がなく一字一字を記憶せねばならなくなるのではないだろうか。孫娘に綴りは書いて覚えろと言っても、なかなか綴りの誤りが理解できないのは、一部、ブロック体のせいではないかと思ったりしている。

英語教育の内容は変わった。会話が主体で、その流れの中で文法的なことが教えられ、語学はコミュニケーションの手段であるという思想が全面に出ている。英文を読む、英文を書くことに主眼が置かれ、そのため、長い期間、英語を学習したにもかかわらず、英語で挨拶一つできず、実用的でなかった英語教育の反省からか、孫娘の使っている教科書、New Horizon ①は十一章総て会話形式で、最後にLet's Readという昔ながらの文章主体の章が付録的に追加されている。私も中学から大学院卒業するまで、十六年間、英語教育を受け続けてきたが、大学院卒業後米国に留学が決まった際、英会話の学校に通い、挨拶の仕方を一夜漬けで勉強し、苦労した思い出がある。そのような英語教育の反省から、このような教育内容になったのであろう。ある意味、よい傾向かもしれないが、昔の英語教育を受けたものにとっては少々行き過ぎでないかと思ったりもする。例えば、会話が主体なので、当然、短縮系（it is→it's, they are→they're, who is→who's等）がどんどん出てくる。ページの片隅に who's は who is の短縮系と記載されたりもしているが、私の眼からすると、やや遠慮がちに書かれているとしか見えない。英語の初学習者にとっては、正式な英語を初めにちゃんと習得し、その後、短縮形も分かるようになるのが、教え方としては正しいのではないかと思っている。会話中心になると、必然的に短縮形が多用されるが（実際の英会話で教科書ほど短縮形を、私自身は使っていないが、これも old boy のせいであろうか）、それを最初に習い、あれが正式の英語と思ってしまうのではと、ちょっと怖い気がしないでもない。もう少しちゃんとした形の英語を、強調して教える必要があるように思う。

文法学習の分量が少ないのも気になる。会話形で習ったセンテンスそのものはよく憶えているが、同じ文型でも、ちょっと違った単語が用いられたりすると、さっぱり応用が利かない。文法という規則が理解できていないと、無駄が多い。母国語でない外国語学習のためには、文法は効率的学習に役立つと思うが。後々、学習するのかもしれないが、文法用語があまり使われていないのも不思議である。一年生の教科書で見る限り、それがない。例えば、人称代名詞の変化の表に一人称、二人称、三人称、それぞれの複数型の名称がなく、また、主格、所有格、目的格、所有代名詞の名称は――は、――の、――を、――のもの、となっている。人称や格の文法名をちゃんと使ったほうが正確であり、互いに話し合う時に便利であると思うが、なぜそうしないのだろうか。

語学をコミュニケーションの手段と捉えている現行の英語教育では、当然、発音に重きが置かれている。先生の発音を口まねで発声していたのとは様変わり、参考書にはＱＲコードがついていて、スマートフォンをかざせば、native がその場で文章を読んでくれる。その便利さに驚かされた。ＱＲコードは何も英語に限ったことでなく、その他の教科の参考書にも印刷されていて、スマホをかざせば、写真が写し出され、説明も具体的で丁寧になされる。こういう場面に遭遇すると、勉強する気なら、出来の悪い家庭教師も不要になるのではないかと、ＩＴの発達で不必要になる職業に家庭教師業もリストアップされる時代もそう遠い将来ではないのではないかと、つまらないことを考えたりもした。

言葉はコミュニケーションの手段としてあり、したがって、その学問である語学はその skill を磨くことに重点が置かれるのは当然で、前述のごとく、英語教育も過去の反省に立って変化しつつある。同じ語学である国語にも、教科内容にそのような変化が見られるのもちょっとした驚きである。国語のテストに、聞き取りというのがある。口頭で内容、試験問題が説明され、それに対して答えを答案用紙に記述するというものである。例えば、交通標識は実際は緑、黄、赤であるのに、緑とは言われず、青と表現されている。なぜ、そのように表現されるようになったかの理由が口頭で説明され、同じように、本来、緑であるのに、青何々と呼称されているものを解答させるというような、聞き取り課題である。これまで、読んで理解することが国語の重要な教科内容として教えられ、リスニングのskillを磨くなどはなされなかったのではないか。少なくとも私はそのような国語教育を受けたことはない。人の話を聴いて、ちゃんと理解できるということは、コミュニケーションの第一歩としてはきわめて重要で、国語教育も、読み、書く、話す上に、聴くという能力にも注意を払うようになったのかと、国語教育にも新たな変化が起こりつつあるのを感じた次第である。

三　睡魔との闘い

孫娘は午後四時半ごろ、学校からの帰り道に我が家に寄って、ほぼ二時間勉強して帰宅する。小学生の彼女にとって、この二時間がなかなか集中できないことがあった。まず、おやつを食べ、二〇～三〇分ほど勉強すると睡魔が襲い思考がにぶくなり、全く前に進まなくなる。これは仮眠させる以外、頭は回転せず、能率も上がらないと思い、仮眠を取らすことにした。三〇分以上寝ると、仮眠でなく、脳は本格的睡眠パターンになるということをどこかで読んだ記憶があったので、二〇分間で起こすことにした。二〇分間でも仮眠すると、頭の回転は元通りになり、二〇分間は無駄でないほど能率は上がった。問題は学校で体育などがあって疲労気味の時は二〇分でなかなか覚醒せず、しっかり目覚めさせるのに時間もかかり、難渋することがあった。しかし、中学生になってこっくりこっくりしなくなったところをみると、成長期の過渡期的現象であったのかとも思うが、今となっては、あの睡魔との闘いが、悩みの種であったことを懐かしく思い出している。

四　スマートフォンの功罪

あるテストで三回かっちりと勉強したのに、二回勉強した程度の点数しかとれないことがあった。家庭教師としては何が悪かったのか気にかかり、試験解答を検討させてみた。すると似たようなケアレスミスのあることが分かった。夏休み後の九月末のテストであった。例えば、社会の問題で、徳川家康、織田信長、豊臣秀吉の三人の武将の写真が並べられていて、各々に

①、②、③の記号がつけられている。

問題一　三人の武将の肖像画をみて名前をかきましょう。また、それぞれの武将が拠点とした城（最も代表的なものひとつ）は何城ですか。答えましょう。

問題二　次の三人はそれぞれ、問題一の誰かについて話をしています。だれを見て話しをしていますか①～③の記号で答えましょう。

ともやさん「この人は家臣にうら切られ、自ら命を絶ったんだよね。この時代は味方だと思っていた人からもうら切られることがあったり、安心できなかっただろうな。」

のぞみさん「この人は、元々身分が低かったけど、とても出世してすごいわ。〝猿〟とよばれて、お仕えしていた人からかわいがられていたそうね。」

ともゆきさん「彼は三河国（現在の愛知県）で生まれたね。一〇年以上も人質生活を送っていたことや、将軍職をたった二年で息子にゆずったことを聞いておどろいた。」

この答えで①～③の記号で答えず、すべて実名で答えて、総てが×だった。

理科でも同じような間違いをした。

リトマス紙を使って、水溶液の性質を調べました。次の問いに答えなさい。

水溶液①～③の入った試験管が一本ずつあります。水溶液①～③は、さとう水、塩酸、水酸化ナトリウム水溶液のいずれかです。つぎの表は、その時の結果を示したものです。①赤色リトマス紙：赤色、青色リトマス紙：赤色、②赤色リトマス紙：青色、青色リトマス紙：青色、③赤色リトマス紙：赤色、青色リトマス紙：青色。水溶液①～③は何ですか。それぞれ名前で答えなさい。この問いに水溶液の名前で答えず、酸性、アルカリ性、中性と答えて、総て×。

算数で円周を求めなさいと問われているのに円の面積を求めたり、などなどケアレスミスが目立った。夏休み前のテスト成績が良かったため、ご褒美にスマホを買ってもらったと喜んで話していたのを思い出し、あるいはこれが原因で寝不足気味となり、ケアレスミスを頻発したのではないかと推論した。そこで、母親と相談し、九時半以後はスマホを母親が預かることとし、深夜に及ぶスマホの楽しみを、早目に切り上げ、十分な睡眠を取ることで対処することにした。その結果、次のテストでは完全にケアレスミスがなくなったわけではないが、改善をみたので、やはりこれが原因であったかと、スマホの弊害を痛感した次第である。ラインに熱中したりで、高齢者にはスマホの弊害のみが目につくが、これがなければ友達との交流にも差し支えるなど、現代人にとっての必需品なのであろうが、勉強に集中できない、ひとつの要因にもなっているのではなかろうか。もちろん、前述したＱＲコードを読み取って、直ちに有用な情報を獲得できるなど、その効用を否定するものではないが、昔以上に誘惑因子の多い中、いかに自分を律していけるか、今の子供の大変さが分かる気がする。

五　私にとっての家庭教師の効用

家庭教師をすることによって、自分にどのような効能があったのかという効用である。思っていたよりも、多くの効用があることが分かった。

(一) 生きる目標を得て精神構造に変化が

後期高齢の時期を過ぎるころから、多くの高齢者は生きる積極的な目標を失い、それほど重大な心身面での問題がないと、なんとなく一日が過ぎ、くらげが海に漂うように、ふわふわと漂うような日々の生き様になってくる。その年齢の患者さんと話していると、これ以上長生きしてもよし、しなくてもよく、「もういいんです」という言葉がよく返ってくる。私もその年になり、そんな気持ちが、なんとなく分かるような状態であった。これまでに、社会的な、あるいは家庭内の役割もそこそこではあるが、一応果たし終え、現在、年相応に元気であるが、特に何かせねばならないという積極的目標がないと、「もういいんです」という気持ちになる。ある意味、ちょっと贅沢な悩みといえばそうであるが、何かに向かって、積極的に動くという目標がないと、まさに、くらげのように流れに身をまかせて漂っている状態になる。もう少し年齢を重ねた患者さんは、「早う川内から迎えに来てくれたら」という。ちなみに、川内は徳島市の火葬場のある場所の名前である。我々の年代はまだ、積極的に死の到来を待ち望む状態ではないが、「もういいんです」の精神構造になる。

小学校五年生の孫の家庭教師をし始め、この精神構造は明らかに変化した。少なくとも、高校入学までは、できれば高校卒業までは、認知症にならず、ちゃんと生きて、大学受験の手助けを是非してやりたいと、切に思うようになった。これから数年間は生きていてやりたいと、はっきりした生きる目標ができた。このことが、これほど大きく精神状態に影響するとは思ってもいなかったが、明らかに変わり、くらげのように、ふらふらと浮遊していた精神構造が、一本筋の通ったものに変化したのには、自分ながら驚いている。ありがたいことに、五歳年下にもう一人孫がいるので、これの面倒を見終わるまでとなると、九十歳代半ばまでは生きねばならないという目標もある。

老後、社会に恩返しする生き方も大切であるが、それに満足できる仕事となると、それなりのエネルギーも必要で、八十歳を過ぎると若干荷が重くなる。そのような面から考えても、家庭教師業はちょうど八十歳代の高齢者に適した程度の負荷量の仕事で、それで家族全員が

happyになってくれれば、これに勝る役柄はないように思われる。家庭教師をしたことで、生きるに際しての目標の大切さを痛感させてくれる機会を得て、大変ありがたかったと思っている。人はいくつになっても、〝必要とされている、感謝されている、愛されている〟があれば幸せである。家庭教師業は、私に生きる目標を与えてくれただけでなく、前記三条件を提供してくれるのに役立っている。問題は、その職責が全うできるかであるが、それも、新たな努力目標ができたことで、それに向かって努力すればなんとかなるのではないかと思っている。家庭教師業の脳トレが、認知機能維持にどれほど役立つのか、自分を実験台にしての人体実験も始まっている。

(二) 脳トレ

家庭教師業は認知症気味では務まらない。以前、認知症で寝たきりの母の介護をしていた際、認知症も悪いことばかりでないと悟ったことがあった。この思いは今も変わらないが、少なくとも託された役割を果たす間は、頭脳はそこそこ明晰でなければならない。誤解を避けるため、ここで、認知症を肯定的に捉えているいきさつを簡単に説明しておきたい。

やや認知症気味であった九十二歳の母親が自宅で転倒し、右上腕骨を骨折した。ギブス固定では骨折は治癒せず、上腕切断術を受けることとなった。骨折後、入院生活が長引き、認知症の程度は急速に悪化し、息子の私もはっきりと認識できないような状態になっていた。右上腕切除の術後、覚醒して右腕がなくなっているのに気付いた時、母親にどのように説明し納得させるかが大問題で、その任は私が引き受けることにしていた。覚醒してしばらく、母親はそれについて何も言わなかったが、ある時、浴衣の寝巻きの袖が落ちて困ると、困り顔で言ったのを聞いて、母親は右腕の消失を自覚していないようだということが分かった。それからしばらくして、兄が亡くなるという親にとって耐え難い悲嘆な出来事に遭遇したが、それもはっきりと認識せず、いつものように快眠、快食、快便の寝たきり状態を続け、最後、一週間ほど食べなくなって泡の消え入るように、九十四歳で亡くなった。

いくらかでも認知機能が残っていれば、母親は右腕の喪失を嘆き、兄の死に号泣したであろうが、それら喪失の悲哀を全く認識せず、快眠、快食、快便の動物的幸せを満喫しつつ天寿を全うした。このような母親の介護を通じて、ある種の認知症は、神が授けてくれたひとつの救いの形態ではないかと思うようになった。老年期に遭遇することの多い喪失の出来事を、頭脳明晰で、その都度、心の底から悲しみながらの人生がよいのか、それをスキップしての終末を迎えるのがよいのかは人それぞれであろうが、認知症にも、ある救いがあるのではないかと思った次第である。

　これが、認知症を肯定的に捉えるようになったいきさつであるが、私にとって今は困る、もう少し先にして欲しいと、虫の良いことを願っている。そのようなことで、目下、認知機能保持に努めているという次第である。運動は認知機能保持、あるいは軽度の認知機能障害からの回復に好影響を及ぼすと、多くの研究が報じている。したがって、認知機能維持のため、しばらくはマラソンを続けるということになる。

　脳トレもそれなりに有効ということで、多くの脳トレブックが書店に並べられている。科学的にその有用性は、運動の効果ほど明瞭には証明されていないようであるが、良いというものなら、try してみるということにしている。そのための脳トレではないが、家庭教師業遂行に際しては、好むと好まざるにかかわらず、脳トレらしきことは避けて通れない行為である。その最たるものが、算数、数学の計算である。塾から出される宿題に付き合って、宿題の計算問題を一緒に解いている。算数では昔懐かしい、つるかめ算、仕事算、旅人算、通過算、流水算、時計算、植木算など、方程式で解くほうが楽なのに、〜算の解き方で、苦労させられた。中学受験の際、母親から嫌というほど叩き込まれたが、〜算の解き方はすっかり忘れてしまっていた。孫娘が中学生になっての数学では、目下、正の数、負の数の計算、文字を使った式、文字式の計算などに取り組んでいる。こちらのほうが~算の指導より楽であるが、+、-が混じった複雑な四則計算、それに指数が含まれてくると、必ずしも総てが正解になるとは限らず、間違ってしまうことも多く、良い頭の体操になっていることを実感している。

小学校の卒業祝いに学校から中学生用の英語辞書が贈られ、喜んで見せてくれたが、活字も大きく、老眼鏡で苦労なく読めるのがよいなと思っていた。孫娘はこの辞書でなく、もっぱら電子辞書を利用しているようで、このお祝いの辞書は宝の持ち腐れ状態になっていた。放置するのも、なんとももったいないので、字引を引くのでなく、読んでみようと思い、読み始めた。最近は、自分自身もほとんど辞書は引かず電子辞書で用を足していたので、辞書を読むという新たな辞書の利用法に挑戦することにした。中学生に必要な単語が網羅されているようだが、ほとんどの単語は分かるが、読むと、第一の意味のみでなく総ての意味を読むので、ああそうか、こういう意味もあったのかと、新たな発見もしばしばで、これだけ知っておれば外国での日常生活で全く不自由しないほどであることが分かった。例題付がまた良い。英作文の基本はこれで十分である。そんなこともあって、読むだけでなく、単語と大切な例題を一々書いてみることにした。毎晩、就寝前に一〇分間ほどで、見開き二頁を読んで書いているが、もうHの部分に進んでいる。もちろん、どんどん頭に入っていくというわけではないが、辞書を読むというのも結構楽しい読書で、脳トレになっている。

英文法は高校生まで熱心に勉強した。もちろん受験用で、それが実際に役立つか否か知る由もなかったが、受験生にとっては当落にかかわる大切な教科であった。そんなこともあって、米国留学時、移民対象の夜学の英語教室に通ったことがあったが、ボランティアの英語教師（現役の高校の先生）に、何かの時に、仮定法過去完了だと答えて、大いに驚かれた経験がある。仮定法などは、米国では知識階級が使う語法で、一般の人々にとってはあまり馴染みのないものだと言われ、日本では、高校生はこのような文法はよく心得ていると答えた思い出がある。高校卒業後も、仕事柄、英文を読む機会は多かったが、英文法の勉強を新たにするということはなかった。この度、家庭教師の担当科目に英語も入っているので、ちゃんと勉強をしておく必要にかられ、数十年ぶりに『英文法解説』なる英文法書を購入し、読み始めている。受験のためでなく文法書を読むことに新たな楽しみがある。昔の英文法書とはだいぶ違っているが、読み物として楽しみながら読んでみたいと思っている。これも良い脳トレブックになるようである。

(三) 常識を豊かに、正確に

教えながら、学習することの多いのに気付く。中学生になった孫娘を教えるようになってまだ間がないが。この短期間にいろいろのことに気付かされた。中学生の学習内容は社会人としての常識形成にきわめて重要で、すべてに基礎的な点で自分に欠落のあることが分かり、その意味では、遅まきながら貴重な基礎訓練をさせてもらっていることになる。英語、数学、国語の教材の内容程度は理解もでき、ほぼ常識的に頭に入っているが、社会科に関する知識では欠けているところがあり、この分野の常識養成に家庭教師業は役立っている。特に、地理は知らないことの多いのに驚かされた。考えてみると、太平洋戦争中、初期のころは我が軍が占領した地域を白地図に赤く塗りこむようなことばかりで、また負け戦になってからは、地名が時々知らされるが、それがどの辺りとも教えられず、自分で理解しようともしなかった。そのようなことで、小・中学校では、まともに地理の勉強をしたという記憶がない。大学受験は歴史を選んだので、高等学校でも地理に触れることはなかった。このような理由で、地理の常識が欠落してしまったのであろう。

その意味で、孫娘の地理は社会人としての正確な常識を養うのにもってこいである。世界に独立国がいくらあるか、正確には知らなかった。国土の面積の広さの順番がロシア、カナダ。

アメリカ、中国、ブラジル、最小国がバチカン市国、人口の多さは中国、インド、アメリカ、インドネシア、ブラジルなど、これらは社会人にとっての常識なのであろうが、正確には分かっていなかった。地球儀といろいろな種類の世界地図の違いについても知らなかった。何となく分かっているように思っていたが、基礎的知識がなかったため正確に理解しているというものではなかった。

理科の被子、裸子植物の違い、シダとコケの違いもよく分かった。これから、勉強に付き合って基礎的知識を習得し、正確に物事が理解できるようになることを楽しみにしている。英語も分かっていたつもりでいたが、先日も名詞の複数形について、良い復習ができたと喜んでいる。これまで、英語で何の不自由もなく複数形を読み書きしてきたが、s, es の付け方のルールを忘れていたのに気付いた。y を i に代えて es を付ける、という程度で日常生活的には十分であったが、子音＋y は y を i に代えて es を付けるが、母音＋y の場合（例えば boy）はそのまま y に s をつける。そうであった、そうであったと思い出した。その他にも、あやふやで、語尾によって s ではなく、es がつくものがあるなど、以前に憶えた記憶があるが、すっかり忘れていた。s,ss,ch,x, など、これを知っていなくとも日常生活には問題はなかったが、やはり、知っておいたほうが良い。このように、常識的に知っておかねばならないことを知らなかったり忘れていたりの、この類の問題が、今後、解決されていくであろうことを楽しみにしている。これぞ、家庭教師の効用である。

(四) 発声訓練

「お父さん、最近、声がはっきりしてきたよ」と家内に言われた。ある年齢ごろから、声がうわずったようになり、何となく人前で話しづらく感じていた。加齢とともに声帯の断面積が減少(声帯が細くなる)したり、発声時、喉頭が下降する際、加齢で喉頭外筋の働きが落ちて、声帯の緊張が悪くなるなどの変化が生じる。高くなるか、低くなるかは人によって異なるようであるが、私の場合、うわずって、かすれた音声になった。

加齢による発声器のわずかな機能的変化は、発声に関与する組織、臓器の加齢による解剖学的変化(例えば、声帯のやせなど)に起因するものもあるが、一種の機能的変化も関与しているのではないかと思う。高齢者は、一般的に発声する機会も少なく、さらに、大声で発声することも、ほとんどしなくなる。それが続くと、一種の廃用性機能障害のような状態になり、音声言語が変化する可能性も考えられる。

家内と二人きりの生活になると、それほど会話が弾むということもなく、発語の機会は確かに少なくなる。また、話す場合も、ほとんどが隣り合った距離で、大声を張り上げる必要もない。このような生活が続くと、ぼそぼそと話す程度で事足り、声帯機能を活発に働かせるということもしていないので、一種の廃用状態に近くなる。家庭教師は生徒と隣り合って座っているわけでなく、最短でも間に一人おいた距離は離れて、さらに教え込むことで、声を張り上げて発声するということになる。これを、四年間、週三、四回続けていると、声帯の良いリハビリテーションになって、声が変わってきたということもあり得るのではないかと思っている。

声帯の運動は嚥下運動にも密接に関係している。高齢者に発症する誤嚥は高齢者医療、介護にとって深刻な問題である。前述のような声帯リハビリテーションで、声帯運動が活性化され、その結果が誤嚥予防にもなれば、これも家庭教師のありがたい効用である。

六　家庭教師のあるべき姿

家庭教師をするようになってから、孫娘の成績はまずまずのようである。家庭教師としてはテストで良い成績を取らせたいという願いから、どうしても引き上げ方式の教え方になってしまう。これでよいのだろうかと反省しながら、やむを得ずこの方式で教えている。自分の成長過程を振り返っても、自発的に勉強するようになって成績も伸び安定もしてきたが、引き上げ方式では本人ののり加減によるところが大きく、好・不調の波がある。本人が自発的に取り組み、家庭教師は下支え的に指導するのが、あるべき姿だと思っている、問題はいかにすれば自発的勉強に目覚め、それを継続的に維持できるかである。私自身勉強が楽しいと思ったことはない。国語、英語など、いわゆる文系の教科は得意でなく、自分は理系人間だと思っていた。自分が得意でないことを棚に上げて、日本人がなぜわざわざ日本語の勉強をせねばならないのかなどと、不遜な思いを抱いて、ますます文系から離れる状態に自分自身を置く結果になっていた。確かに、人には得意・不得意の教科がある。自分自身文系は嫌いで、理系であると思って、その結果、理系の教科に励み、文系の教科を敬遠するという学習態度になっていた。

大学に入学して、初めてドイツ語を学習することになった時、それまで英語で失敗していたので、ドイツ語は最初からちゃんと勉強しようと心して授業を受けることにした。その結果、ドイツ語のテストでそこそこの点を取ることができ、それが励みになってさらに真面目に勉強した。そのためか、医学部での解剖学のドイツ語の教科書もあまり苦労せず読め、また当時、内科診断学はドイツ語の『クレンペラ内科診断学』で、これもなんとか読みこなせるようになっていた。このようにドイツ語があまり苦労せず読めるようになると、ゲーテの『ファウスト』、『若きベルテルの悩み』などの原文にも挑戦するようになり、自分に語学の才能が全くないわけではないと思えるようになった。要は、あまり勉強しなかったためテストの成績が常にかんばしくなく、それで一層やる気をそがれ、負のスパイラルに陥っていただけだったようである。

得意、あるいは不得意な教科は確かにあるが、何かのきっかけでテストがよくでき、それが励みとなって頑張って勉強すると、これまでより内容がよく分かるようになり、分かってみれば意外に面白く、さらに打ち込む。このようにして嫌いな教科が好きな教科になることもあり得るのではなかろうか。嫌いな教科が好きな教科に変化するのに、感受性の変化も関係することがある。あるものに対する感受性は時とともに変化するものである。六十六歳で大学受験を志し一年間受験勉強をしたが、その際、高校国語の教科書を読んで、そこに掲載されている文は評論にしても小説にしても詩にしても、世にベストセラーといわれる文にも勝る珠玉の文に思え、あの嫌いであった国語に対する評価の激変に驚いたことがあった。国語の教科書をもっと読みたいと思うようになったこの変化、これは世に長くあったための、感受性の変化によるものであって、同じ内容でも、心の琴線に触れ、それが振動するようになっただけのことである。十八歳では、教科書の内容に共鳴しなかったため、そのためだけで好きになれなかっただけのことで、決して、本質的に拒否していたわけではなかったようである。この感受性の変化は、私にとって少々遅きに失した感がないでもないが、それでも、国語がこんなに楽しい内容のものであることが分かっただけでも、大変得をした感を抱く結果になっている。

そのようなことで、本来好きな教科、嫌いな教科などはないのではないかと思ったりもしている。そのためにも、感受性の変化を期待したいのであるが、これがいつ訪れてくれるか分からず、それを惹起させる方策も決定的なものがないとなると、家庭教師としてはまずは教え子にテストで良い点を取らせて、嫌いな教科を好きなものに変える方策を採るということになる。大げさに言えば、テストの成績は人の一生を変えることすらある。高校時代の同級生のG君、数学のテストでは、ほぼ私のほうが点数が上であったが、あるテストで彼が上になったことがあった。彼は得意満面で、私はしかめ面をしたのを、なぜか今でも覚えている。後年、彼が大学の数学の教授になったという話を耳にしたとき、なぜか、この場面の光景が思い出されて、G君にとってあれが岐路だったのではなかったかと勝手に思ったりもしている。

面白い授業をすることは、なかなか難しいが、これも教科を好きなものに変容させるのにきわめて重要である。ある日、孫娘が帰宅して開口一番、今日の社会科の聖徳太子についての授業は面白かったと、ノートを見ながらどんなところが面白かったか説明してくれたことがあった。聖徳太子なら、推古天皇の摂政として冠位十二階の制度を定め憲法十七条を制定して国政を改革したというのが通例の授業内容で、全く面白みがない。冠位十二階の大徳、小徳を覚えさせられたり、憲法十七条で、「一に曰く、和を以って貴しとなし、さかふること無きを宗とせよ」――など詳しく教えてもらっても、テストのことを思うとますますうんざりしてくるというものである。父用明《ようめい》天皇が多額の借金をして即位し、その後、間もなく崩御したため、聖徳太子は負の遺産に苦労したらしいこと、また用明天皇は異母妹の穴穂部間人皇女《あなほべのはしひとのひめみこ》と結婚し聖徳太子を含め何人かの兄弟をもうけたが、近親結婚の弊害で兄弟はいずれも夭折したが、聖徳太子は近親結婚の稀有なメリットで大天才になったなど、興味をそそられる裏話を聴き、それにつられて聖徳太子の偉業を理解したようである。

教える内容に興味を抱かせることは、その道の専門家でない家庭教師にとってきわめて困難な課題であるが、孫娘の興奮気味に語る話を聞きながら、これも下支えの教育にとって重要な方策のひとつと思った次第である。感受性の増強、素人家庭教師には難しい面白い授業の提供、これらはいずれも一朝一夕には成就できそうもなく、結果が問われる家庭教師はその到来をのんびりと待つこともできず、差しあたっては、引き上げ方式でテストで高得点を取らせながら、自発性の醸成を鶴首することにした。前述したように、点取り虫は決して悪くない。努力なしには高得点は取れない。懸命に努力してテストで高得点が取れた場合、彼らは純粋に心の底から達成感を味わうだろう。これこそ、彼らにとって勉学の一石二鳥の効果である。勉学に対する気持ちの変化が、期待する方向に展開することを心に願いながら、現行方式でしばらく進めていこうと思っている。

第3章　八十歳の心と精神

八十からの大学院生

一度は、源氏物語かシェイクスピアを正式に勉強してみたいと思っていた。世紀を越えた傑作で、それを知らずにこの世を去るのもなんとももったいないと、そんな気持ちで読みたいと思った。シェイクスピアは全集本で読んでみたが、世に傑作といわれているほどには感動も感激もしなかった。これは多分、原語で読まないからに違いないと思ったが、当時、徳島にシェイクスピアの専門家がいらっしゃらないということ、逆に、源氏物語の専門家は四国大学にいらっしゃるということもあって、四国大学文学研究科の大学院生として、源氏物語を勉強することにした。そのためもあって、病院勤務を週一回に減じてもらって、以前の大学院生生活と違って時間的余裕をもって勉強するように環境を整えた。

大学院を修了するためには、所要の単位の取得が義務付けられているため、源氏物語の授業だけでなく、日本の近代文学・中世文学から英文学の授業まで受講することとなった。同学年の二人の女子学生と一緒の授業もあったが、やはり、先生と一対一の授業で、これぞ大学院の授業だと、長年求めていたそのような授業を幸いにも受けることができた。先生は専門家として蘊蓄《うんちく》を傾けて、それでいて独りよがりでなく、当方もなんとなくやりとりができて、盛り上がり、一時間半が知らぬ間に過ぎてしまう授業、今回の大学院生活ではこれが味わえた。以前の大学院生活からほぼ二〇年経っているので、受講する当方も変わってきたせいか、両者の波長が合ってきたためなのかもしれないが、楽しく教えていただいた。

長年、研究、実験をして、それを論文で発表するという生き方をしてきたため、歳をとっても〝雀百まで踊り忘れず〟の性が残り、現役引退後も細々とそのような生き様を続けてきたが、後期高齢者の年齢を過ぎたころから、これが無理になってきた。しかし、研究的にものを見るという性のみは残り、文学にそれを求めることが、大学院文学研究科では可能であった。科学研究には、若さが必要であるが、文学研究は、生き長らえた長い経験が必要であるようで、その意味で、八十だからこそ通用できる分野と思う。文学を研究的観点に立ってみる、それが文学研究科大学院生の目指すところで、そうすると〝雀百まで踊り忘れず〟の性にはよく符合するが、残念なことに文学を楽しむという点には欠ける。これは、もう少し歳をとってからのお楽しみにとっておいてもよい。以下、冗長の誹りを免れないが、大学院生として、特に感銘を受けた二、三の授業内容をつぶさに記述してみたい。

一　藤原道長の糖尿病と終焉の姿

藤原道長の日記『御堂関白記《みどうかんぱくき》』を輪読するという授業があった。同級生二人と私の三人が受講生という授業であったが、日記が漢文で書かれているのに、まず驚いた。また、日記の自筆本が京都の陽明文庫に一部保存されているという、文化遺産としての貴重さを知ってある種の感銘を覚えた。

藤原道長が糖尿病患者であることは知っていたので、輪読しながらそれらしい記述に遭遇するか期待したが、授業の輪読の範囲ではその機会はなかった。そこで改めて『史料総覧巻一〜二』(寛弘元年、道長三十九歳〜万寿四年、道長六十二歳死亡時)で、道長の病気についての記事を収集することにした。これには「長和元年六月一日　道長病ム、小右記」のように記載されており、類似の記事を、寛弘元年から万寿四年まで、全期間で抽出した。これで、寛弘七年(西暦一〇一〇、道長四十五歳)十月五日条、病悩『小右記目録』、十一月六日条、咳病『御堂関白記』から、万寿四年(西暦一〇二七、道長六二歳)の十二月四日条死亡まで、道長の病気、あるいは病状の記事を網羅的に拾い上げることができた。このうち糖尿病との関係を示唆する主な記事を辿ってみると、次のようなものである。

(二) 口渇、多飲

『小右記』長和五年五月二日条

摂政は車に乗って、御幸に従った、気分不良のため、河原から帰宅された。その間しばしば水を飲まれ、しばらくも、止めることはできなかった、云々。

これに類似する記載が、「『小右記』長和五年五月十日条・五月十一日条」にも認められた。道長が呈した病状が糖尿病に起因したものであることは、現代の医学的常識からして疑いないところである。道長は口渇、多飲を訴えたが、同様の自覚症状を示した人は必ずしも少なくなく、兄の道隆、甥の伊周も多飲であったことが『栄花物語』に記述されている。道長家系に糖尿病を思わせる症状を訴える人が多数存在したことより、道長に糖尿病の遺伝的素因があったであろうことは容易に想像できる。

また、道長が美食と酒宴を楽しんだであろうことは「『小右記』寛仁二年十月十六日条」の記事から、あるいは、「大饗」と称して定期的に行われた公的な大宴会の開催記事からもうかがい知ることができる。参考までに、『御堂関白記』寛弘五年正月二十五日道長主催の大臣大饗の模様を略記すると、以下のようである。

二献の宴飲では、餛飩を供した。三献の宴飲では、飯と汁物を勧めた。四献の宴飲では、茎立を供した。五献の宴飲では、包焼を供した。六献の宴飲では、私が奥の座の公卿達に盃を勧めた。盃が巡り下るうちに、殿上人の座まで到った。私は元の座について、録事に命じて、盃を勧めさせた。この間、盃の巡行は早晩の差に随うしかなかった。

この種の宴会は、同月二日中宮大饗としても開催されている。牛車に乗っての移動など、運動不足をも加味して考えると、道長が肥満体であったであろうことは十分あり得たことであろう。『御堂関白記』長和四年閏六月十九日条にある「小南第の北対の打橋から転落、前後不覚となった。」という記事も、日ごろの身体活動の不足を物語っている。このような遺伝素因と環境要因からして、道長が糖尿病を発症したとしても不思議ではない。

（二）胸病

『御堂関白記』寛仁二年四月九日条に初めて糖尿病合併症と思われる胸病の記事が現れる。

内裏より中宮に参上して、土御門第に行く、小一条院に参上、また内裏に参内する、妻倫子と中宮に参る、午後十時ごろ、重篤な胸病に悩む、午前二時ごろより症状は寛解をした、摂政の他、子供たちが皆、見舞いに来た、

同様の記事が翌年一月までに『小右記』も併せると計十一回記載されている。この胸病については、一般的には狭心症などの虚血性心疾患が疑われる。しかし道長の胸病発作は一般的な狭心症より持続時間が長く、それからすると不安定狭心症、心筋梗塞、重症冠攣縮性狭心症が考えられる。しかしこれであれば、発作間欠期の日常生活でも労作性発作による運動耐容能低下が、さらに虚血性心疾患は再発が多く予後不良であるため、その後一〇年間も生存できたことからして、これら疾患に罹患していたとすることに疑問が残る。これらが否定されると、服《はっ》部敏良《とりとしろう》氏が指摘するように、心臓神経症の可能性が考えられる。本症をヒステリーの一種と考えると、症状がきわめて大げさである、暗示にかかりやすい、周囲の関心を引くなど、見方に

よってはヒステリーの特質を呈していると考えることもできる。

この疾患の誘因として、何らかのストレスがあったかが問題になる。時の最高権力者として、政敵との政争に神経をすり減らしたであろうこと、それが、ストレスになったであろうことは容易に想像できる。しかし、寛仁元年五十二歳の道長は、太政大臣として最高権力者の座にあったが、翌年五十三歳時、これを辞官している。ちょうど胸病などが発症した年であるが、この年は、一家立三后《いっかりつさんこう》（藤原道長が娘三人をそえぞれ歴代天皇の后として入内させた偉業）があり私的には最高の年であったであろうが、公的には政界を辞し引退生活者になった年でもある。引退後も、もちろん陰然たる影響力を保持したであろうが、やはり現役からの引退は寂しいものであったであろう。このことがストレスになったであろうことは、現代と変わるところはないと思う。

㈢ 視力障害

長和五年五月条に口渇の最初の記載があってより約二年後、寛仁二年十月条に糖尿病合併症のひとつの症状である視力障害について記載されている。

『小右記』　寛仁二年十月十七日条

晩景宰相と車に相乗りして中宮に参上した。泉渡殿において大殿にお会い申した。摂政や諸卿が参集され、大殿が清談されたついでに、目が見えない由を言われた、あまり近いので汝の顔が殊に見えないと言われた。晩と昼間ではどうかと問うと、黄昏時と白昼とをわかたず、ただ、殊に見えないと言われた。

その後、『御堂関白記』寛仁二年十一月六日条、寛仁三年二月六日条にも類似の記載がある。この視力障害はきわめて短時間のうちに発症し、また、寛仁三年二月六日条の記述を最後にその訴えの記載がないことなどから、持続する白内障などでなく、急激に発症し比較的短期間に改善するような病態、例えば硝子体出血などでなかったかと思われる。きわめて短時間のうちに発症したということは、視力障害発症の前日、寛仁二年十月十六日は、三女・藤原威子立后の日で、そこには視力障害についての訴えが全く記載されていないことからも推測できる。その宴会の様子は以下のようなものである。

『小右記』寛仁二年十月十六日条

今日は女御藤原威子が皇后になられる日である。前太政大臣の三女で、一家で三后になられることは未曾有のことである。（中略）人々は次々に盃を勧める、已にその道なく、従って衝立をはらった。南階東腋に座を敷き、楽人を召して衝立を用意された。卿相殿上人等、絃歌の人々相応じ、堂上地下の人々も管弦に合わせ歌う。三、四回巡って後、太閤盃を献じて「右大将殿よ、我子摂政頼通に盃を勧めてください」と言う。私は盃をとって摂政に勧めた、摂政は左大臣顕光に盃を渡した、左大臣は太閤に注ぎ、太閤は右大臣公季に注いだ、順次盃は巡りまわった。（中略）太閤が私を招きよせて「自分は和歌を詠もうと思う、必ず和してほしい」と言う。答えて言う「どうして和さないことがありましょうか」と。太閤また言う「得意そうな歌なのだが、ただし、あらかじめ用意しておいたものではない」とことわって、「この世をばわが世とぞ思ふ望月の虧《かけ》たる事も無しと思へば」と詠み上げた。私は「御歌は優美であり、返歌をするすべがない。皆で、ただ、此の御歌を誦しましょう。中国でも、元《げん》稹《しん》の菊の詩に、白居易も詩を和さないで、深く賞歎し、その詩を終日吟詠したといいます」と申した。諸卿は私の意見に賛同して、道長殿の歌を数回吟詠した。私もまた数度吟詠した。気をよくした太閤は私に返歌を求めることはしなかった。深夜の月明り、酔心地で千鳥足で各々退出した。

このように、この日に道長の視力障害についての記述は全くないことより、視力障害は翌朝以後に発症したと考えられる。糖尿病であるにもかかわらず、宴会で暴飲、暴食したことが翌日の視力障害発症の誘因になったのであろう。

(四) 終焉

さて、道長の終焉の様子について、孫娘の教科書『社会科 中学生の歴史』には「藤原道長は阿弥陀仏の仏像と手を五色の糸で結んで、念仏を唱えながら亡くなった。」と記載されている。これは『小右記』の道長の終焉の記事から想像される様子とはかなり異なっていた。正確を期するため、その辺りの推移をやや詳しく記述し、それとともに他の文献も併記して前記教科書の記述の正否について考察してみたい。

『小右記』万寿四年七月十九日条

禅閤（道長）下痢症に罹患される。

『小右記』万寿四年十月二十八日条

夜に入り中将が来て言うには、只今皇太后妍子の七々日の御法会が終わった。禅閤のご病気は堪え難いような様子で、痢病などで堂にお入りになることも出来なかったと。

『小右記』万寿四年十一月二十一日条

式光が言う、禅室はますます無力となり、痢病はたびたびで、飲食はすでに絶えた。夜に入り中将が禅閤の許から来て言うには、いよいよ危険な状態で、無力なること格別甚だしい。痢病は無数である。また、背部に腫瘍ができて医療を受けられない状態になっていた。側近の多くは、危篤な状態では、後一条天皇の行幸の日までとても待ち堪えられないのではと危ぶんでいる。女院（彰子）、中宮（威子）が訪ねられたが、相近くお会いになるのは難しい。汚穢の事があるからか、と。

『小右記』万寿四年十一月二十四日条

関白（頼通）の言うには、先日御堂のご病気に携わったが、心神不覚で酔人のようだったと。（中略）針医師の和気相成が言うには、背部の腫瘍の勢いが乳垸（乳房か乳首か）におよび、その毒気が背中に入ったと。

『小右記』万寿四年十一月三十日条

禅室の招魂祭を、昨夕賀茂守道朝臣に奉仕させた。人魂が飛び来たり、禄〈桑絲〉を給った。相成朝臣が言うには、召により御堂に参った。背の腫物には針する定があるが、今日は忌みの日だから、来月四日に腫物の様子を診て瘡口を開き申しあげるのがよかろうと申し上げた。瘡の実体は不明だが不治の病のようだから、治療を延期すると、申し上げたと。中将が禅室に参り、帰り来て言うには、中宮権大夫は少し持ち直しているようだが、食べられず、二、三日過ごされるのも難しいか、と言っていると。

『小右記』万寿四年十二月二日条

式光が言うには、昨夜半、禅閤が忠明宿禰に背部腫物に針を刺入させた、膿汁、血液が少量出て、喚きなさる声はきわめて苦しげだったということだ。

『小右記』万寿四年十二月三日条

中将が来て、すぐ禅室の許に参った。（中略）午後四時ごろばかり、人々が言うには、禅閤は既に入滅なさったと。随身国兼が様子を見に差し遣わされたが、帰り来て言うには、光武が（道長の入滅は）本当だと言っていたと。夕方、式光が来て言うには、御胸のあたりはまだ温かいままであると。卿相は終日祗候していたが、御通夜するわけにもゆかず、ごく親昵な卿相以外はそれぞれ相談した後、退散したと。

『小右記』万寿四年十二月四日条
　午前十時ごろ式光が来て言うには、禅閤には昨日入滅された。夜になって（頭が）揺れ動く気配ありと。しかし今朝午前四時すでに入滅されたので亡者の作法を行った。

ところで、万寿四年十二月四日の道長に関する記事を『大日本史料』から拾い上げてみると、前記の小右記以外に、『栄花物語』（三十　つるのはやし）に次のような記載があった。

　この立てたる御屏風の西面をあけさせたまひて、九体の阿弥陀仏をまもらへさせたてまつらせたまへり。いみじき智者も死ぬるをりは、三つの愛をこそ起こすなれ。まして殿の御有様は、さまざまめでたき御事どもを思しはなちたるさま、後の世はたしるく見えさせたまふ。（中略）すべて臨終念仏思しつづけさせたまふ。仏の相好にあらずよりほかの色を見むと思しめさず。仏法の声にあらずよりほかの余の声を聞かんと思しめさず。後生のことよりほかのことを思しめさず、御目には弥陀如来の相好を見たてまつらせたまひ、御耳にはかう尊き念仏を聞しめし、御心には極楽を思しめしやりて、御手には弥陀如来の御手の糸をひかへさせたまひて、北枕に西向きに臥させたまへり。よろづにこの相ども見たてまつるに、なほ権者におはしましけりと見えさせたまふ。

ここに「御手には阿弥陀如来の御手を通した糸をしっかりお握りになって」の件がある。確かに、『栄花物語』には道長が阿弥陀仏の仏像と手を糸で結んで亡くなったとの記事があり、教科書はこの記載を参考に「藤原道長は阿弥陀仏の仏像と手を五色の糸で結んで念仏を唱えながら亡くなった。」と記述したと思われる。『小右記』は事実をきわめて客観的に写実しているのと対照的に『栄花物語』は終焉の様子を劇的に、物語性を重視した語りになっている。作者、赤染衛門の道長賛美の情は著しく、事実を美化しすぎた記述になっているのではないかと思われる。『小右記』記載のような病状、すなわち失禁状態の持続、朦朧《もうろう》とした意識レベル、また、腫瘍穿刺で「嘆きなさる声はきわめて苦しげであった」、そのような状態で栄花物語に描かれている末期の様子、すなわち「御目には阿弥陀如来の相好を見たてまつらせたまひ、御耳にはかように尊い念仏をお聞きになり、御心は極楽浄土に思いをお馳せになり、御手には阿弥陀如来の御手を通した糸をしっかりお握りになって」という、このような様子を肯定するのに、医者の目からすると、やや抵抗感がある。私は『小右記』の記載のような終末像がありのままの姿であったのではないかと思う。

しかし、千年も昔の歴史的事実の正否を云々するのは至難の業である。まして、判断する資料が前述の二篇のみに限られている場合、その判断は読者の立場、考え方に左右され、教科書のような記載もありえて当然であろう。特に教科書の一文の前後の記載の流れからすると、そうなっても不思議でない。すなわち、次のような記載である。

平安時代には、シャカの死から二千年たつと、仏教の力がおとろえ、末法の時代が来るという思想がありました、一〇五二年がその年とされ（道長入滅の万寿四年は一〇二七）、ちょうどその頃に各地で反乱が起こったため、阿弥陀仏にすがって死後に極楽浄土へ生まれ変わることを願う浄土信仰が広がりました。栄華をほこった藤原氏もこの阿弥陀仏を信仰するようになり、藤原道長は阿弥陀仏の仏像と手を五色の糸で結んで念仏をとなえながら亡くなり、頼通は阿弥陀仏の住む極楽浄土をこの世に再現しようとして、平等院鳳凰堂をつくりました。

中学生に、このころの浄土信仰の状況をよりよく理解させるためには、道長が五色の糸で結ばれて亡くなったとしたほうが、何の記載もないより、より印象深く、心にその状況が記憶されるであろう。そのような観点からして、ここに前述の一文があることに、特に目くじらたてるつもりはない。

二　医者の眼からみる源氏物語

大学院修士論文の研究課題は「源氏物語からみた平安貴族社会の無常観思想」というもので、医者の眼を通して、源氏物語に漂う無常観を論じた。以下、医学的見地から論じた部分のみの概要を読み物風に改めて記述してみた。

(一) 平均寿命と無常観

まず作中人物及び平安中期貴族階級の寿命を求め、平均寿命と死生観との関係から、寿命の長短が無常観醸成の要因になりうるかを検討した。『源氏物語』作中人物の死亡年齢を「年《とし》立《だて》」(「源氏物語年立」のこと。源氏物語の作品世界内における出来事を主人公の年令を基準にして時間的に順を追って記したもの)、あるいは『源氏物語』本文より推定可能な死亡年齢を拾い上げ集計した。

当該作品の作中人物で死亡年齢が比較的正確に推定しうる十三人の死亡年齢を調べてみたところ、夕顔の十九歳から左大臣の六十六歳に分布し、男女合わせての死亡年齢の平均は四十二歳であった。集計の結果、女性の早世が目立った。すなわち、夕顔一九歳、葵上二十六歳、大君二十六歳、六条御息所三十六歳、藤壺三十七歳、北山尼君四十歳で、いずれも四十九歳以下で死亡している。これと比較するため、奈良、平安期上流階級の寿命を『大日本年表』(辻善之助著、大日本出版、一九四二年刊)より拾い上げ、約一〇〇年間の期間ごとに集計した。その結果、奈良時代、平安前期、中期(前半、後半)、後期、それぞれの平均死亡年齢(歳)は、六十二、六十三、六十三、六十一、六十五で、中期後半部がやや短命であったことをうかがわせるが、著明な差のないことが分かった。しかし、何歳代で多く死亡しているか期間別に検討してみると、平安中期において四十歳代以下の死亡頻度が他期間のそれに比し有意に大であること、さらに三十歳代以下で集計してみても差があることが判明した。すなわち、平安中期において五人に一人以上が四十歳代(四十九歳)以下で死亡しており、その他の時期に比較すると、ほぼ二倍になる。また、この時期十人に一人強が三十歳代(三十九歳)以下で死亡しており、その他の時期に比較すると二、三倍頻度が高いことが判明した。この早世の高頻度は男女間で明らかに差があり、女性の早世が目立った。また、当時の貴族社会において、女性が早死にであったという特徴は、『源氏物語』の作中人物の死亡年齢分布によく反映されており、作者の観察眼の鋭さを示すもので、甚だ興味深い。当時の貴族階級は、裳着《もぎ》（公家女子が成人したしるしに初めて裳をつける儀式）後熟年までに訪れる死の不安をより身近に感じながら、また、日常茶飯事的に訪れる子女の早世を嘆き悲しむ生活をより高頻度に送らねばならなかったであろう。このような、早世が珍しくなかった社会において人々は現世に生きることを寿《ことほ》ぐであろうか。人生のはかなさを一層強く感じたのではなかろうか。

人々が抱く死生観は、それぞれの寿命の長短に密接に関係している。終戦前、長期にわたり日本人の平均寿命は五十歳前後であった。その後、乳児死亡の減少、感染症、循環器疾患、悪性新生物などへの対策が効を奏し、今や、八十歳を越えるレベルに達している。この間、人々の死生観ははっきりと変化してきている。終戦後しばらくの間まで、人々は命のはかなさ、無常観をひしひしと感じながら生活していたように思う。これは筆者が子供だったころの実感である。しかし、今や、人生八十年となると、命のはかなさを感じている人はほとんどいない。高齢者は生きがいを失い、死の到来の早いことを嘆くのではなく、到来の遅いことに不満を抱くようになっている。『ガリバー旅行記』の著者スウィフトは同作中の「ラグナダ渡航記」の中で、不死人間の死を待ち焦がれる性癖を述べているが、死の訪れが遅くなりすぎると命を呪うようにさえなる。これはスウィフトの考えであるが、この考えは超高齢社会の到来とともに、現実的に理解しうるものとなっている。このように、死生観は寿命の長短に密接に関係しており、平安期の人々が抱く人生のはかなさ、無常観なる死生観はその時期の人々の早世に一部関係がある、と結論づけることができるように思う。

次に、早世した作中人物として桐壺更衣、夕顔、柏木を取り上げ、彼らの死に至る過程よりその死因を医学的に推論し、無常観醸成との関係を類推してみたい。

(二) 桐壺更衣の死

いづれの御時にか、女御、更衣あまたさぶらひたまひける中に、いとやむごとなき際にはあらぬが、すぐれて時めきたまふありけり。

これは『源氏物語』冒頭の書き出しで、教科書にも引用され、多くの人にとってなじみある一節である。しかし、これに続く文章、それは桐壺更衣の悲劇を予告するものであるが、そのくだりはあまり記憶に残されていないことが多い。

はじめより我はと思ひあがりたまへる御方々、めざましきものにおとしめそねみたまふ。同じほど、それより下臈の更衣たちはましてやすからず。

宮仕えの初めから、我こそはと自負しておられた女御がたは、このお方を、目に余る者とさげすんだり憎んだりなさる。同じ身分、またはそれより低い地位の更衣たちは、女御がたにもまして気持がおさまらない。

すなわち、桐壺更衣に対する、ねたみ、その腹いせのための虐《いじ》め、それが原因の悲劇的な死へと進行する過程のプレリュードである。虐めは執拗に続き、そのため、体調を崩し、彼女は療養のため度々里帰りをしているが、その虐めの一部が具体例として、以下のようなものとして記述されている。

更衣のお部屋は桐壺である。帝が、多くの女御、更衣がたのお部屋の前を素通りなさって、ひっきりなしにその桐壺にお出向きあそばすので、その方々がやきもきなさるのもなるほど無理からぬことと思われる。また更衣が御前に参上なさるにつけても、あまり度重なる折々は、打橋や渡殿のあちこちの通り道に、けしからぬことをしかけては、送り迎えの女房たちの着物の裾がどうにもがまんしかねるくらい不都合なこともあるし、またあるときには、どうしても通って行かなくてはならぬ馬道の両端の戸を閉めて更衣を閉じ込め、こちらとあちらとでしめし合せて、進むも退くもならぬようにして困らせたりなさるときもしばしばである。何かにつけて、数えきれぬほどつらいことばかりが重なるので、更衣がひどく苦にしているのを、帝はますます不憫におぼしめして、後涼殿にもとから仕えておられる更衣の局をほかにお移しになって、そのあとを上局として桐壺更衣に下さる。追われた更衣の恨みはほかの方々にもまして晴らしようもない。(『源氏物語』阿部秋生ほか校注・訳、小学館、一九九四年)

このような虐めにあいながらの日々に、終焉の時が訪れる。

その年の夏、御息所、はかなき心地にわづらひて、まかでなんとしたまふを、暇さらにゆるさせたまはず。

その年の夏、母君の御息所は、ふとした病をおわずらいになって、養生のためお里に退《さが》ろうとなさるが、帝はまったくお暇をお許しにならない。

これが最期の経過の始まりである。これから、桐壺更衣の病状、死因を医学的に推論してみたい。執拗で、陰湿な虐めにあい、味方は帝のみという苦境でストレスが慢性的に蓄積していったであろうことは想像にかたくない。このような慢性的ストレス状態では、通常、人は精神的に追い詰められ、心身症を発症する。彼女も死亡前ある期間このような状態が続き、抑うつ的となり、その結果、重篤な食欲不振をきたし極度の衰弱状態となったのではないかと思われる。それは、

いとにほひやかにうつくしげなる人の、いたう面痩せて、……

じつにつやつやと美しくていかにもかわいらしいこのお方が、今はすっかり面やつれして、……

と描写されているように、大層、面やつれした状態になったことが分かる。そのような状態の更衣は養生のため里に退ろうとなさるが、帝はお許しにならなかった。その理由が、

年ごろ、常のあつしさになりたまへれば、御目馴れて、「なほしばしこころみよ」とのみ

のたまはするに、……

ここ幾年かの間、ご病気がちが普通でいらっしゃったので、それを帝はいつもごらんになっておられて、「このままで、もうしばらく様子を見よ」とばかり仰せになるうちに、……

ということで、帝は特別変わった病状でないと判断されたようである。

このような記載から、当初はちょっとした病気にかかられ、それは重篤な病気とも見受けられなかったということがうかがえる。それでは、そのちょっとした病気はなんであったのであろうか。特別変わった病気として注意も払われなかったことから、比較的ありふれた病気、例えば、夏風邪のようなものではなかったかと思う。

まみなどもいとたゆげにて、……

まなざしなども、いかにもだるそうで、……

発熱して瞼の辺りにちょっと赤みを帯びた、だるそうな眼差し、とも一致する。いずれにしても、ちょっとした風邪も衰弱しきった体にとっては大きな負担で、急きょ里帰りさせたが、それは遅きに失し、その晩、更衣は帰らぬ人となった。

この更衣の病気治療には、ストレス状態からの解放が重要で、そのため里に帰っての休養が必要であったが、それがなされず、ストレスが重積し回復不能の状態になったようである。現代医学では、このような心身症は精神療法、薬物療法で治療が可能であり、また、重篤な食欲不振による衰弱も、種々の栄養補給法によって栄養補給をし、救命することはできる。もし、桐壺更衣が救命されたとすると、帝や母君が悲嘆にくれ、世を儚《はかな》むこともなかったであろう。しかし、桐壺更衣が生存し続けた場合、光源氏の性癖は大いに異なり、今の形の源氏物語はあり得ないことになる。

フロイトの精神分析理論によると、三〜六歳の男児は父親に敵意を抱き、母親に対して愛情を求めようとする性的願望を持っているとみなされている。この時期がエディプス期で、やがて、精神発育が進むと、エディプス・コンプレックスは克服され、清算されて、潜在期に移行する。しかし、思春期に達すると身体的成熟に伴い性的衝動が強くなりエディプス的願望が復活してくるが、その願望は他の異性に向けられることによって克服される。光源氏はエディプス期で母を失ったため、性的志向対象の推移は正常に経過せず、エディプス期で留まったままである可能性がある。帝が「母をなくした子供であるので、よく面倒をみてやって欲しい」と、母親によく似ているといわれる藤壺に懇願するが、フロイトの精神分析理論からすると、エディプス・コンプレックスを克服していない光源氏はエディプス・コンプレックスの近親相姦的願望の対象を藤壺に求め、その後、擬似近親相姦を果たす。その場合、藤壺は桐壺更衣の形代《かたしろ》の役目を果たすが、藤壺と情を通じることができなくなると、源氏はその形代を紫の上やそれらしき女性に求め、あくなき女性遍歴を繰り返すことになる。光源氏がある年齢になるまで、母親更衣が生きておれば、彼の性的志向対象の推移も、近親相姦的願望が克服され、あのような形での女性遍歴はなかったのではないかと考えられる。すなわち、そのようなことから、桐壺更衣が生きていれば、今の形の源氏物語はあり得ないということである。

(三) 夕顔の死

源氏、夕顔がなにがしの院に到着し、その後、夕顔が死亡するまでの流れを、死因を推測するのに重要と思われる部分を記述すると、以下のようになる。

宵を過ぎるころ、少しとろとろとなさると、枕元にいかにも美しい姿の女がすわって、

「この私が、まことにご立派なお方とお慕い申しているのに、訪ねようともお思いにならず、かように別段のこともない女をお連れなされて、ひどくかわいがっていらっしゃるとは、ほんとに心外で恨めしく存じます」と言って、君のおそばの女を引き起こそうとしている、とごらんになる。何ぞに襲われるような気がして、はっとお目覚めになると、灯火も消えているではないか。ぞうっと気味がわるいので、太刀を引き抜いてそばにお置きになって、右近をお起こしになる。右近も怖がっている様子で、おそばに寄ってまいる。「渡殿にいる宿直の男を起こして、紙燭をつけてまいれと言っておくれ」と仰せになると、「とても行かれません、暗くて」と言うので、「なんと、子供みたいな」とお笑いになって、手をお叩きになると、こだまの返ってくる声がじつに無気味である。誰一人、聞きつけてやってまいる者もいないが、その間、女君はひどくわなわなと体を震わせておびえ、どうしてよいか分からぬ面持ちである。汗ぐっしょりになって、正気も失せている様子である。「むやみに臆病でいらっしゃるご性分ですから、どんなに怖くていらっしゃるか」と右近も申しあげる。ほんとに気弱そうに、昼間も空のほうばかり見ていたものを、かわいそうに、とお思いになって、「わたしが誰かを起こして来よう。手を叩くと、山彦の返事がじつにうるさい。ここに、しばらく近くにいておくれ」と言って、右近をお引き寄せになって、西の妻戸に出て、戸を押

し開けられると、渡殿の灯も消えてしまっているのだった。(中略)
部屋に戻って手探りに探ってごらんになると、女君は先刻のまま臥していて、右近はその傍らにうつ伏せになっている。「これはどうしたことだ。なんと、ばかばかしい怖がりようではないか。こういう荒れた所では狐などといったものが人を脅かそうとして、怖がらせるのだろう。わたしがいる以上、そんなものに脅かされはしないぞ」と言って、右近をお引き起こしになる。「もうどうにもひどく気分がおかしくなって、うつ伏しているのでございます。それよりもお方様のほうこそどんなに怖がっていらっしゃいますことか」と言うので、「そのことよ。何だってこんなに」と言って、探ってごらんになると、もう息も通っていない。揺すってごらんになるけれど、ぐったりとして正気も失せている様子なので、じっさいひどく子供子供している人だから物の怪に気を奪われてしまったのだろうと、手の下しようのないお気持ちである。
滝口が紙燭を持ってまいった。(中略)「もっと近くへ持ってまいれ。遠慮も場所によるぞ」とおっしゃって、明かりをお取り寄せになって女をごらんになると、ついその枕元に、夢に現れた顔だちの女が幻のように見えて、ふっと消え失せた。昔の物語などにこそこうしたことも聞いているがと、まったく異様なことで気味がわるいけれども、それよりまずこの

傍らの人がどうなってしまっているのかと気が気ではないので、ご自身のことをかまってい
るゆとりもなく、寄り添って、「これこれ」とお起こしになるけれども、ただ冷え入ってい
くばかりで、息はとうに絶え果てているのだった。(前掲書)

宵少し過ぎたころ、源氏がうとうとと少しまどろんだ時、枕もとに、大層美しげなる女が座っていて、「このような女にうつつをぬかし、自分を袖にしたのは、恨めしい」と言いざま、脇に寝ている夕顔を、つかみ起こそうとする。——というところをありありと夢にみた。目覚めてみれば灯明も消え、漆黒の闇。同室にいた右近を近くに呼び寄せ、供の者を呼ぶが誰も聞きつけてやってくる様子はない。その間、夕顔はひどくふるえ、わななき、怯えてどうにも前後をわきまえぬ様子であった。その上、汗をびっしょりかき、正気を失っている。

このように、夕顔は極度の恐怖に対して、典型的な身体的反応を呈していた。

「なにぶん、ひどくものに怯えるご性格でございまして、こんなことがありましてはどんなに怖がっておいででございましょう」、と右近は夕顔の性質を打ち明ける。

夕顔がもともと怖がりであったことが分かる。

源氏は自分で宿直人を起こしてくると、部屋を出て、宿直人に用件を申し伝え部屋に帰って、

直ちに夕顔を手探りしてみると、息絶え、揺り動かしてみるが、ただもう力もぬけてしまっていて、意識もない。このようにして、死亡が確認された。

源氏が部屋を出、宿直人に用件を伝え、自室に帰ってくるまで、数分間、長くとも十分以内の出来事である。

さて、夕顔の死因であるが、描写されている死への経過、死亡現場の物証、また、右近が明らかにした夕顔の性格、特に、異常とも思える恐怖症ぶりなどに死因を解く鍵があるように思われる。医学が未発達であった当時の病態を今日的医学知識で解析することは、ある意味で不合理であるとの誹りは免れないかもしれない。しかし、ミレニアムの時が流れても、人体構造あるいは人体の営みが大きく変わるものでもなく、したがって、当事者の特質、病状の経緯が正確に記載されていれば、今日の医学知識で病態の推移や死因を類推しても不合理だということにはならない。時代背景、また、物語の面白さから言うと、〝物の怪にとり殺された〟は不適切な記述ではないが、ここでは科学的に推論すればこうだということで、決して物語の中の〝物の怪にとり殺された〟を否定するものではない。

なにがしの院に投宿した時から、そのたたずまいも関係して、夕顔は恐怖心を抱いていたようである。恐怖に遭遇すると、人は交感神経緊張の状態に陥る。動悸がしたり手が震えたりするのは、その際の症状である。源氏が夢枕に立つ女を夢見て、驚いて夕顔を手探りしてみると、わなわな震え汗びっしょりで正気もない状態であったと描写されている。これは、まさに交感神経が異常に興奮した状態の症状に類似し、夕顔は極度の恐怖感から交感神経過緊張の状態にあったと類推することができる。夕顔は、源氏の移動時間から考えて、十分以内で死亡したと推定することができる。このような場合、一般的に死因として、心臓死、特に致死的不整脈が考えられる。また、交感神経緊張は致死的不整脈の心室細動のひとつの誘因と考えられている。

以上のことを総合して考えると、夕顔にはこのような病態を惹起しやすいある基礎疾患が存在し、それに恐怖に対する過剰な反応で極度な交感神経緊張状態に陥り、それが誘因となって心室細動↓心室頻拍↓急死となった可能性がある。その基礎疾患として肥大型心筋症などが考えられる。本症は動悸、息切れ、胸痛、胸部不快感、失神などの症状を呈することもあるが、いずれも不定愁訴的で、典型的な心不全、狭心症をきたすことも少なく、さらに、ほとんど無症状で、明らかな身体所見を欠く例も少なくなく、その存在が気付かれないまま経過することが多い。したがって、夕顔が本症に罹患していたとしても、それと知らず過ごしたとしても不思議ではない。本症は十万人に二〇〇〜三〇〇人程度に存在し、したがって、きわめて稀有な疾患というわけでもない。

夕顔は異常な恐怖のため、極度の交感神経過敏状態となり、基礎疾患として有していた肥大型心筋症に致死的な心室細動を誘発し、急性心停止で死亡したと推論することができる。物の怪がいたとして、それが彼女の恐怖心を煽りたてて、前記のような経緯で死に至らしめたとしても矛盾はない。現代医学ではこのような場合、自動体外除細動器（automated external defibrillator, AED）で直ちに除細動すれば救命することができる。もし仮に、このような状態の夕顔を救命し得たとすると、その後のストーリーはかなり変わってしまう。もちろん、源氏や右近の悲嘆は解消され、この場に限ったこととしても、彼らは命のはかなさ、人生の無常観を抱くこともなかったであろう。そのように考えると、彼らの抱いた無常観は手の施す術もない夕顔の突然死、早世に由来するもので、これが無常観醸成の要因になったと言い得る。

(四) 柏木の死

彼を悩ませ、弱らせ、最後には死に追いやった一連の出来事を医学的見地より判断すると、彼を苦しめた病気は気分障害（うつ病）である可能性がきわめて高い。うつ病になりやすい、いわゆるうつ病の病前性格があるといわれているが、彼の「仕事熱心さ、凝り性、徹底的な執着気質、過度に良心的」などは、まさに、うつ病の病前性格にあてはまる。

気分障害の誘因として、人生上の出来事そのものよりも、それがその人間、特に特定の人格を持つその人間にとってどのような意味を持つかが重要であることが強調されている。柏木の場合、三の宮と情を交わしたその朝から懊悩が始まり、これが最初の誘因と考えることができる。うつ状態の思考障害の内容面の特徴は、自己を実際よりも低く評価し、物事を悪いほうにばかり解釈して取り越し苦労をする微小念慮である。罪業妄想もそのひとつで、彼の懊悩の始まりは、まさにこの罪業妄想である。この罪業妄想を形成する患者は、知的分化度が高く、情緒豊かで義務感が強く、他人と良好な人間関係を保つことなど、人に結びつく価値に対する志向が強い。これらの性質は柏木の人となりそのものである。この罪業意識は密通の事実が源氏の知るところとなったということで、一層高められた。

柏木が呈した種々の症状を気分障害者のそれらと比較し、彼の病的異常が気分障害に起因するものか否か判断してみたい。うつ状態の感情障害として抑うつ性感情障害がある。はっきりした原因なしに気分が憂うつになる。柏木もそのようであった。気分障害者が抱く微小念慮を彼も抱いていた。微小念慮のうちの罪業妄想はうつ病妄想の主要なもののひとつである。柏木の場合、三の宮との不義、その事実の露見など、罪業は事実であって、したがってそれに懊悩することは妄想ではない。しかし、源氏の彼に向けた態度あるいは視線を曲解して、彼を責めているものと決めて捉え病的に落ち込むというのは、ある意味妄想の域に達しているといえるであろう。

うつ病における身体症状として体重減少がある。これは食欲低下に基づくものである。柏木が食思不振であったという記述はないが、

げに、いといたく痩せ痩せに青みて、…… 痩せさらぼひたるしも、いよいよ白うあてはかなるさまして、……

いかにもひどくやつれてしまって顔色もわるく、……痩せ衰えた姿がかえっていっそう色白く気品高く感じられ、……

と柏木は痩せ衰えた姿になっていると描写されている。神経性食思不振症から、多分、拒食の状態になったのではないかと思われる。これは彼の死因にも関係することで、「泡の消え入るやうにて亡せたまひぬ。」と書かれている。普通、うつ病のみであれば、三十三歳という年齢から考えても、このような死に方はしないものである。

うつ病は特異な性格に誘因が重なって発病する。柏木の密通事件は源氏の藤壺の密通事件と

類似点が多いが、源氏はうつ病を発病していない。ともに密通の相手は帝の妃―準太上皇の妻であり、その恋は少年時代の思慕に始まり、形代（紫の上―唐猫）によって心を慰め、夢によって懐妊を知り、犯した罪の恐ろしさに震え、不義の子（冷泉院―薫）の誕生となるなどである。藤壺と女三の宮ともに出家したという共通点もある。これら多くの共通点の中でも、犯した罪の恐ろしさに震え懊悩したことは、重要な発症誘因である。それにもかかわらず、柏木はうつ病を発症し、その結果死亡するが、源氏は病気にもならず女色にふけり華やかな生活を続けた。この相違の大きな要因は両者の性格の違いにある。

柏木が気分障害（うつ病）の状態であったことは、病前性格、誘因、また彼の呈した精神的・身体的症状からしてもその可能性は高いと思われる。性格的にうつ気質であったとしても、不祥事に対し過度に懊悩し、また、源氏の視線を妄想的に捉え、その結果、究極、死に至るというのは現代医学の常識から考えると異常である。柏木の死をうつ病に由来する重症の拒食症、その結果の栄養失調、衰弱死とするなら、彼の最期についての描写は、衰弱死によく符合する。

重くわづらひたる人は、おのづから髪、髭も乱れ、ものむつかしきけはひも添ふわざなるを、痩せさらぼひたるしも、いよいよ白うあてはかなるさまして、枕をそばだてて、ものなど聞こえたまふけはひいと弱げに、息も絶えつつあはれげなり。（中略）「……月日も経で弱りはべりにければ、今はうつし心も失せたるやうになん。惜しげなき身をさまざまにひきとどめらるる祈禱、願などの力にや、さすがにかかづらふも、なかなか苦しうはべれば、心もてなむ、急ぎたつ心地しはべる。……」（中略）女宮にも、つひにえ対面しきこえたまはで、泡の消え入るやうにて亡せたまひぬ。

重い病をわずらう人は、いつのまにか髪や髭なども乱れ、なんとなくむさ苦しい感じになるものだが、この君は痩せ衰えた姿がかえって一層色白く気品高く感じられ、枕を立ててお話になるご様子は、まことに弱々しげに、息も絶え絶え、いかにも痛々しい有様である。（中略）「さして月日もたたないうちに弱くなってしまいましたので、今は生きている心地もしないような有様で。惜しげもないこの身を、あれやこれやと引きとめてくださる祈禱や願などのおかげでしょうか、さすがに長らえていますが、それもかえって苦しゅうございますので、自分からすすんで、早くあの世へ急ぎたい心地がいたします。」（中略）女宮にもついにご対面申されることもならず、泡の消え入るようにしてお亡くなりになった。

彼の拒食症はうつ病のひとつの併発症状と考えているが、あるいは自殺企図を達成する手段として、自らこの方法を選んだという可能性も否定できない。現在、うつ病の自殺率は約一五％といわれているが、当時の複雑な社会状勢のもとでは、この率がさらに高い可能性は否定できないのではなかろうか。

拒食の原因が何であるかはともかくとして、この状態に対し現代医学では種々の栄養補給法（例えば高カロリー輸液）があり、これを用いれば拒食症の救命も可能である。もし仮に、彼の命を救うことができたとすると、夕顔の場合と同様、ストーリーはかなり変わる。父大臣、母の宮、女二の宮、夕霧らは、拱手傍観して彼の早世を見守るのでなく、栄養補給することによって一命が取り留められたとすると、命のはかなさを感じることもなかったであろう。愛する者をなす術もなく若くして喪はざるを得なかった当時の貴族社会において、醸成される無常観はこのようなことに一部起因したといいうるであろう。

三　テクスト論

比較文学特論なる科目の授業を履修した。シラバスには世界文学としての夏目漱石の『こころ』を多角的な視点から捉えていく、と記されており面白そうなので、その授業を受けることにした。『こころ』は以前読みかけて暗いのに嫌気がさし、途中で止めた記憶がある。それもかなり以前のことで、どこまで読んだのかも定かでなかった。今回は授業ということもあって、最後まで読んだ。暗いなという読後感は変わらなかった。ただ、今回は同時に、テクスト論も教えていただいたため、読み方は変わった。テクスト論を全く知らなかった者にとって、テクスト論的文学批評は目新しく、作品を評価するに際して、初心者でも、やや気楽に意見が述べられる術を教わったような気になった。

テクスト論は、格調高い学術論文では難しく、理解不能であったが、ややくだけた論文で「テクストとは作品ではなく、テクストである。もし作品が作者のものであるとするなら、テクストはわれわれ読者のもの……」でなんとなく、テクストのなんたるかが、つかめたような気になった。ウンベルト・エーコのテクスト論として、「芸術作品は、完結した一定のメッセージにおいて存在するものでも、一義的に組織された形において存在するものでもなく、解釈者に委ねられた様々な組織化の可能性において存するのであり、それゆえ、一つの所与の構造的方向で再生され理解されることを求める完成した作品としてではなく、解釈者によって美的に享受されるその瞬間に完成される開かれた作品として提示されるものである。」とあった。これでも分かりにくいのでインターネットを紐解いてみると、そこには、平易に次のように記述されていた。

「作品論とテクスト論は、作品（テクスト）の捉え方に違いがある。作品論は作者と作品の関係から作品を解釈する立場で、テクスト論は作品（テクスト）を読者がどう捉えるかという視点で解釈する立場である。テクスト論の場合、作者の存在は無視され、作品も作者の作品でなく、ただ、文章（テクスト）と捉えられ、それが読者に何を語っているのかということが問題にされる。作品論的立場で作品を研究するときは、作家の人生や思想を視野にいれねばならないが、テクスト論では、作家はそっちのけでテクストと読者しか存在しない。テクストに重点を置くことは、作者の意図を考慮することなく、純粋にその文章（テクスト）を解釈することに繋がる。文章を記号と捉え、作者の意図とは無関係に記号化された文章（テクスト）を読み込み、テクストが何を語りかけてくるか、それを検証するのがテクスト論である。要は、作者の意図に思いを馳せることなく、文章そのものからの語りかけを明らかにする文学批評である。」

『こころ』を読んだが、これを批評するに際して、作品論的にも、あるいはテクスト論的にも、十分読み込めておらず、その批評は将来挑戦することにした。テクスト論の存在は、それよりもむしろ、前記の修士論文としての源氏物語の批評、それはその一部分でしかなかったが、紫式部の意向に捉われず十分読み込んで、読者として医学的側面から自由に評価してもよいことが分かり、随分、気持ちが楽になった。そのことからしても、テクスト論的文学批評の存在を教えていただいたことは大変ありがたかった。ただ、医学的見地に立って作中人物の死に様を評価する際、その記載（テクスト）が医学的に整合性がとれているか否かが、きわめて重要になる。この整合性は、作品論的評価よりテクスト論的評価においてより厳しく要求されるように思う。テクスト論的評価に耐えうる作品（テクスト）は、作中人物そのもの、あるいは作中人物の行動、それらの反応総てが本当のもの（作者の架空の作り物でない）でなければならない。それをなしうる資質が作者に要求される。観察眼の高さ、正確な表現を可能にする表現力の確かさを備えた作家のテクストのみが、テクスト論的批評に耐えうる。

Charles Dickens（一八一二〜七〇）は *Pickwick Papers* において、赤ら顔の肥えた少年で、昼間も常に居眠り勝ちで、客からもとめられると目覚めて用事をするが、それがすむと直ぐに居眠るという御者助手の Joe を記載している。約一〇〇年後、このような症状、すなわち、肥満、傾眠、チアノーゼ、周期性無呼吸などの症状を呈する疾病の存在することが明らかになり、その病気は Dickens の小説の題名をとり、Pickwick 症候群と命名された。医師でない作家がこの病気の対象者をよく観察し、それを正確に作品に記載したその本物の姿は、二〇〇年間の時空を越えて読者の評価に耐え得て今に至っている。

Raffaello Sanzio 英語名 Raphael（一四八三～一五二〇）はマリアの左手指が乳児キリストの左大腿背面を支えるように抑えていて、キリストの左拇指が背屈している聖母子像（一五〇五）を描いている。中枢神経麻痺の際、足底を刺激すると拇指が背屈する病的反射（バビンスキー反射）が観察されるが、乳幼児では中枢神経麻痺がなくとも、この反射反応が出現する。この反射の存在は一九世紀後半医学分野で認められたが、医師でもない Raphael が四〇〇年も前にその存在を認識して母子像に表現していることは、画家としての観察・表現力の資質の高さを物語るものである。作品がテクスト論的評価に耐えうるには、このような本物の姿が描かれている作品であることが必要である。

先に『源氏物語』中の二、三の作中人物の死に様を医学的に評価してみたが、それぞれの病態の進行は、推定した病気のそれと驚くほどよく整合性がとれており、作者の観察眼・表現能力の高さに感心したほどである。この描写された本物の姿のゆえに、『源氏物語』がミレニアムを経てなお評価され続けている所以《ゆえん》であるとも考えられる。

四　チョーサー、そして英語史

大学院二年終了時に古代文学の教授が定年退官され、偶然ではあるが、三年目（長期履修学生になっていたので）に中世英語を専門とする教授が就任されたのを機に、『源氏物語』を卒業して、シェイクスピアを教えていただくこととした。教授いわく、ジェフリー・チョーサーを勉強しておくとシェイクスピアの勉強が楽になる、ということで、まず、チョーサーを教えていただくことになった。

チョーサーの時代は英語史の時代区分的には中英語期（Middle English）に属する。西暦一一〇〇～一五〇〇年までの四〇〇年は中英語期と呼ばれ、一三〇〇年を境に初期と後期に分かれる。初期中英語期では、ノルマン征服の結果として、イングランドでフランス語が高い地位に置かれ、それと対照的に英語の地位はおとしめられていた。しかし、後期中英語期にかけてフランス語に対する英語の地位が徐々に回復し、一四世紀後半には英詩の父ジェフリー・チョーサー（一三四三頃～一四〇〇）が登場するなど、アングロ・サクソン時代以来数世紀ぶりに格調高い英語文学が花開くこととなった。以上は英語史に関する文献に記載されている一節である。現代英語は古英語からの長い変容の歴史を経て今に至っているらしいことがなんとなく理解でき、その途中にあるチョーサーの英語は、それなりに難解なものであるらしいことが予想できた。

約一千年前に我が国で執筆された『源氏物語』の文章は確かに難解な部分もあるが、読みくだせないことはない。もし仮に、元寇《げんこう》の役で我が国が元に征服され彼らの言葉が持ち込まれていたら、現代邦語も著しく変わったものになって、それに慣れ親しんだ現代人は古代文学を今ほど容易に理解できないものになっていたのではなかろうか。それは、現代英語しか知らない者にとってチョーサーの英語が、ラテン語、フランス語などの征服民族の言語が混入して難解なものになっているのと軌を一にする。チョーサー作の『トロイルスとクリセイデ』を音読して、解読しながら、現代英語につながる言語変化を解説していただくという授業内容であった。

チョーサーが英詩の父といわれた所以は種々あろうが、押韻をふんだんに使った文を朗詠した際の響きの美しさもそのひとつで、イギリス文学史上初めて、在来の頭韻法をとらず、脚韻形式をとった功績が大いに評価されている。これは彼が比較的長期間、イタリア、フランスに滞在して、彼の地の韻律法に影響されたためであろう。『トロイルスとクリセイデ』の一節を例に句末の押韻をみると、次のようになっている。

And by this bor, faste in his armes folde,

Lay, kyssyng ay,his lady bright, Criseyde,
For sorwe of which,whan he it gan byholde,
And for despit, out of his slep he breyde,
And loude he cride on Pandarus, and seyde:
"O Pandarus, now know I crop and roote,
I n, am but ded: ther nys noon other bote.（一二四〇、一二四六）

この猪のそばには、美しい恋人クリセイデが
しっかりと抱き合って、絶えずキスをかわしながら寝ていた。
彼はそれを見た時、悲しみのためと
腹立ちのために、急に眠りから覚めて、
大声でパンダルスを呼んで、云った。
「ああ、パンダルス、今何もかも分かったぞ。
おれは死ぬしかない、他に救いはないのだ。」（笹本長敬訳）。

各行末の発音

一行目——olde（a）
二行目——eyde（b）
三行目——olde（a）
四行目——eyde（b）
五行目——eyde（b）
六行目——ote（c）
七行目——ote（c）

この押韻の形式はa, b, a, b, b, c, cになっている。次の一節も以下のようになっている。

"My lady bryght, Criseyde, hath me bytrayed,
In whom I trusted most of ony wight.
She elliswhere hath now here herte apayed.
The blysful goddess thorugh here grete myght
Han in my drem yshewed it ful right,
Thus yn my drem Criseyde have I byholde"—

And al this thing to Pandarus he tolde.（一二四七〜一二五三）
「誰よりも信頼していたクリセイデは
おれとの美しい恋を裏切った。
あの人は今では他所でその心を満たしている。
恵み深い神々は、御力によって、
おれの夢の中でそれをはっきりみせてくださった。
夢の中でこのようにしているクリセイデを見たのだ。
それから彼は一部始終をパンダルスに語った。」（笹本長敬訳）

各行の行末の発音
一行目——ayed（a）
二行目——ight（b）
三行目——ayed（a）
四行目——ight（b）
五行目——ight（b）

六行目——olde（c）
七行目——olde（c）

この押韻の形式もa, b, a, b, b, c, cになっている。

当時は口誦文学全盛の時期であったであろうことからして、この押韻形式の響きのよさが大いに評価されたであろうことは疑いがない。この押韻形式はスコットランド王ジェイムス一世も好んで用い、そのためrhyme royalと称せられている。また、一行に並べられた単語に強弱をつけ弱強五歩格というリズムを彼はよく用いた。*The Parliament of Fowles*『百鳥の集い』（一三八一～一三八二）の冒頭の詩の一節、The lyf so short, the craft so long to lerne. は、弱、強、弱、強——の弱強五歩格の態をなしている。ちなみに、この格言めいた一節The life is so short, the craft is so long to learnは後世に伝わる有名なチョーサー作の格言である。面白いことに内容的には「少年易老、学難成」と同じで、この有名な漢詩を朱子（一一三〇～一二〇〇）の作とするなら、ほぼ同時期に作られたことになる。

この押韻の響きの心地良さを味わうためには、チョーサーの文章を正しく読める必要がある。しかし、文章が現代英語と異なるのみでなく、その発音も大いに異なり難渋をきわめている。

一人称主格のIは「イ」で、I以外にIch（イッヒでなくイッチ）も出てきて、なるほど中英語はゲルマン語由来の言語だなと実感できたが、発音はままならず、なんとなくドイツ語風に発音して、その場を濁している状況で、押韻の響きの良さを実感できるには程遠いような状況で、詩の押韻の美しさを味わえないままに過ぎている。しかし最近、チョーサーの英詩の朗読がユーチューブにサイトのあることを教えられ、早速聴いてみた。それは『カンタベリー物語』の一節であるが、押韻の響きの心地良さはこれかと認識することができた。このように語られる詩を耳にして初めてチョーサーの詩の良さが理解できるらしいことが、なんとなく分かったような気になった。『トロイレスとクリセイド』の邦訳を読んでも、格調高い英語文学という感銘を覚えなかったが、やはり、押韻を含んでの響きの良さをも聞き分けて、初めてそれを味わうことができるのであろう。シェイクスピアの邦訳を読んでもあまり感動しなかったのも、そのようなことが原因であったのかもしれない。そのようなことで、次に教えていただくシェイクスピア（『マクベス』）の授業に希望をふくらましつつある。

チョーサー作品を読むために作られた辞書（*A Chaucer Glossary*）を引きながら、なんとか意味をつかもうと四苦八苦しているが、授業中「この言葉は現代英語のこの言葉に変化したもので、語源的には古英語から変容したもの」との解説、初めはそんなものかとあまり気にもとめていなかったが、度重なるその種の英語史的説明に段々興味を引かれ、今ではチョーサーもさることながら、英語史の勉強にのめりこみつつある。中学生以来、英語の勉強をしてきて、なんとなく不思議だなと思いつつも、疑問を抱かずそのまま憶えたらよいのだという、疑問を抑えての英語勉強の長い過程に蓄積された、大げさにいえば抑圧された欲求不満が英語史の勉強で一つ一つ氷解していく感じで、「なるほど、そうだったのか」と少々晴れやかな気持ちになったりもしている。授業中教えていただいた二、三の例を以下記載してみたい。

And Signifer his candels sheweth brighte
Whan that Criseyde unto hire bedde wente
Inwith hire fadres faire brighte tente,

黄道帯は明るいローソクたる星々を陳列して見せた。
その頃、クリセイデは美しく色鮮やかな父のテントの
自分のベットへ赴いた。

wente は wende（赴く、向かう）の過去形で、この went が直接関係のない go の過去形に転用され、go, went, gone になった。「ああ、なるほどなあー」の一例である。good, better, best も原形とあまり関連のない比較級、最上級で、なぜ、good, gooder, goodest でないのだろう。

変容の過程を授業中尋ねると、図書館へ行って調べようということで、早速、図書館に連れて行っていただいた。何で調べるのかと訝《いぶか》っていると、*The Oxford English Dictionary* で調べるということであった。名前はよく耳にしていたが、実物をみるのはもちろん、それで単語を検索するのも初めてであった。それが二十冊の大著であることに驚かされ、語義だけでなく、語源も解説されていることも初めて知った。そこで、単語 better を調べてみたところ、どうも古くは good と直接関係のない bat（boot:remedy, benefit）から変化したようであるらしいことが分かった。しかし、bad, worse, worst の変化の過程ははっきりしないまま図書館から引き上げた。

以下の三例はそれほど疑問には思っていなかったが、いわれてみれば「なるほどなあー」と言いうるようなものである。

And langour of thise twyes dayes fyve
We shal therwith so foryete or oppresse
That wel unneth it don shal us duresse.（三九七〜三九九）
そして五の二倍の日にちの苦しみを

さっさと忘れるが、ぎゅっと押さえつけて
ほとんど心労を起こさないようにしましょうよ。

Twyes の y は i でもよい twies, これは two's（two の属格形、所有格）で、現代英語の twice（副詞）に変化した。古く、名詞の属格形は副詞として用いられていたようで、twies: 二度→twice, ones: 一度→once　このような名詞の属格形（所有格）の副詞は現代英語に sometimes, nowadays, towards, upwards などとして残っている。この "s" は複数形の "s" ではなかったのだ。ああ、そうだったのか！

Whan thorough the body hurt was Diomede
Of Troilus, tho wep she many a teere
Whan that she saugh his wyde wowndes blede,（一〇四五～一〇四七）
ディヲメーデがトロイルスに体を突かれて傷を受け、
大きな傷口から血が流れ出るのを見た時、
彼女は沢山の涙を流し、

of はここでは by として使われている。この of の用法は現代英語で be afraid of の of に受け継がれている。afraid は afered（過去分詞、terrified）で of agent は by agent としての古い英語がそのまま現代英語に生き残っている。

at last, at most,at least …最上級には定冠詞 the がつくと教わったが、前記の最上級には the がついていない。なぜだか教わらなかったが、〝そうなんだからそう憶えて〟ということで、今に至っている。『トロイレスとクリセイ』に次のような一節がある。

But at the laste thus he spak,and: seyde:

"My brother deer, I may do the namore."

しかし、やっとこう話始めた。

〝兄弟たる若者よ、貴方のためにもう何もできません。〟

ここでは at the laste と定冠詞がちゃんとついている。なのに、現代英語ではなぜ the が消えたのか。at の t [t] 音と the の th [ð][θ] 音が縮約（contraction）して at the→at になって、形の上では the が消えたことになったというのが、最上級に the がなくなった謂われのようである。いつごろからそうなったのか興味のあるところで、次に習うシェイクスピアではどうなっているのか注意してみたい。

素朴な疑問が英語史の勉強で氷解した例は、前記の例以外にも枚挙に暇がない。例えば、

childrenはなぜchildsでないのか。なぜ三人称単数現在で一般動詞にsをつけねばならないのか、何故、不規則動詞があるのか。なぜdebt, receiptでb, pは綴られているのに発音されないのか、などなど。ここで、次の一例を加えて、この問題について終わりにしたい。ただ、英語史をよく知ったからといって、英会話が上手になるわけではないが、英語を奥深く知る上で大切であることはよく分かった。

再帰代名詞の不思議、すなわち、一人称と二人称では「所有格＋self」という構成だが、三人称では「目的格＋self」という構成である。同じ再帰代名詞でも人称によって違った格にselfがついている不思議。この不思議も以前から多少気になっていたが、そんなものなのだと思い定めて、これらの単語に接してきた。英語史に興味を抱くようになって、はっきりと不思議を思うようになり、教わってみると明瞭にその不思議の謎は解けた。堀田隆一氏の英語史ブログに答えはあった。

そもそも、古英語では再帰代名詞という語類はなく、一般の人称代名詞が代わりに用いられていた。例えば、He kills himでは文脈に応じて、自殺、他殺の読みが可能で、このような解釈の曖昧さを回避するため、再帰代名詞という新しい語類が古英語後期以降に発達したと考えられている。前記のような解釈の曖昧さを生むのはもっぱら三人称においてで、一人称、二人称では主語と目的語が同一人物であることは明らかである。したがって、まず三人称において再帰代名詞がつくり出された。元来、self は名詞の後に置かれる形容詞であったため、与格（目的格）代名詞とともに him self, her self のように使われ、後に一語へまとまったものである。中英語期になって一人称、二人称にも再帰代名詞がつくり出されるようになった。しかし、この時期になると、self は形容詞から名詞へと品詞の再分析が起こって、self は名詞として認識されるようになる。名詞の self の直前にくる語は、代名詞なら所有格の形態、つまり my や your などにならねばならない。こうして、一人称と二人称の再帰代名詞は「所有格 + self」という形態になった、というものである。この解説で再帰代名詞の不思議は氷解し、「ああ、そういうことだったのか」ということになった。

堀田隆一氏は、ある著書の最後に、英語史を学ぶ意義について次のように述べている。

一．現代英語の文法や語彙が学びやすくなる。今まで関連の見えなかった現象に繋がりが見えてくる。不合理・不規則に見える現象の根拠を知ることができる。

二．英語の過去を知ることで、英語の現在と未来を意識するようになる。これにより、能動的・戦略的に英語を学ぶ姿勢が身につく。

三．英語とは通時的に変わるものであり、地理的、社会的、語用的な要因により共時的にも替わるものであるということ、つまり「言語の無常と多様性」を認識することにより、相対的で寛容的な言語観が形成され、おおらかに英語を学べる、あるいは教えられるようになる。文法や語法の「正誤」もあくまで相対的な判断にすぎないと認識できるようになる。

四．英語の歴史は一つの物語であるから、話としておもしろい。

五．「歴史をいくらかでも知らない者は、その人の人間性の重要な側面の一つを欠く者である。歴史が今日の人間を作り上げたのであるから、人間を理解するためにはその過去をいくらかでも知らねばならない」(Bloomfield and Newmark)

英語史をかじり始めて日の浅い者が、英語史を学ぶ意義を云々するのは少々おこがましいが、あえて述べれば、三に強い共感を覚えた。英語に接するようになって、かれこれ七十年が過ぎようとしているが、なぜこれまでこのようなことを教わらなかったのか、ちょっと口惜しい気がしないでもないが、初めて知って、第三の人生を終えられるありがたさを味わうことができた。

また、英語史を中英語期の傑作であるチョーサーの文そのものから学べたのは、生きた英語史に触れた気がした。英語史の専門書から英語史を学んだ場合、「なるほどそうだったのか」というところが、生の文章から説明していただくと、「なるほど、なるほど、そうだったのか」と、感銘の大きさはまさに倍するものがあった。

第4章　八十歳からの生き方

I　八十から変更した講演準備方法

講演に際して、これまでは使用するスライドを話す順に並べ、各スライドで何を話すか大体決め、スライド一枚一分強の割で枚数を用意して本番に備えていた。一週間前ぐらいから用意したスライドの順番を憶えて、本番では演台に用意されている時計を見ながら、ほぼ予定時間通りに終了していた。しかし最近は、特にスライドをあまり使わない講演などの際、程よく予定時間内に終わるかどうか、さらに、内容的にも重複せず、またもれなく話せるだろうかと気にかかるようになってきた。老大家が滔々《とうとう》と話し、予定時間も気にする様子もなく続け、時間が超過して司会者や主催者が困り顔で目配せし合っているという風景に時々遭遇することがある。大概そのような場合は話に繰り返しが多く、しまりがなくなってくる。聴衆も、「次の予定があるのに」と思ったりするが大家に失礼と思い、そわそわするが席には着いている。多くは老大家であり、。現役世代の演者にはそのようなことはほとんどない。自分も高齢者になった今、そのような無様なことだけはすまいと自戒する。すると、くどくどしい話にならないか、うまく時間内に終わるかが、ますます気になるようになる。

高齢者には一般的に些細なことが気になり、そのことからなかなか解放されず思い悩むという好ましくない性癖がある。ひどくなると、それが気になって眠れないなどということが起こってくる。私も八十歳過ぎたころから、このような状態になりつつある。講演を引き受けたものの、時間内に納得のいく話ができるだろうかと思い悩み、講演の日時が近づいてくると、講演を引き受けねばよかったのにと講演を引き受けたことを後悔さえするようになった。人前で話すのが嫌いという性ではなかったのだが、この精神状態の変化には、ちょっと困ってしまった。何ヶ月も前に講演を依頼されるので、つい後のことは考えず気軽に引き受けて、後で悩むという状態である。そこでなんとかせねばならないと考えたのが、ちゃんとした準備をしておけば、気も落ち着くだろうという解決策である。二、三週間前に講演内容をあらかじめ文章化し、講演一〇日ぐらい前から暗記して講演に臨むという方式である。幸い高齢者には時間的余裕は十分ある。書いた文章を推敲することで話の重複も手直しでき、それを話すつもりで読むと必要な時間も大体計算でき、時間に合わせて分量を調整しうる。憶えるのは少々大変であるが、自分で書いた文章であるので一字一句間違わずとなると大変だが少々のずれは許容範囲内であるとなると、それほど難渋することもない。これも認知症防止の一策と考えれば、一石二鳥の効用でもある。また、あらかじめ講演内容を書き上げて残しているので、講演後、必要ならいつでもちゃんとした活字に復活することができる。そのような方策で、二、三の講演を準備してみた。その一つを以下に記述してみる。

八十からでも味わえる知るよろこび

以下は、前述のような講演準備の仕方で準備した最初の講演で、四国大学教養講座での講演「知るよろこび」の内容を一部手直ししたものである。この講演は一年生の学生を対象に外部講師が行うもので、大学から依頼されその任を果たしたものである。講演の雰囲気を保つため、あえて話し言葉のままで記述することにした。

皆さんは子供のころ、何か冒険的なことをしたことはありませんか。山の向こうはどんな所だろう、いつか調べにいってみたい、などと思ったことはありませんか。私は今でもはっきりと覚えていますが、川の向こうはどんな所だろうと思って、渡し舟に乗って一人で対岸まで行ったという冒険をしたことがあります。ここで、私の生い立ちを簡単にお話ししておいたほうが、私の後々の話を理解していただきやすくなるのではないかと思い、生い立ちについて、まず簡単にお話ししておきます。

　昭和九年二月生まれです。したがって、天皇陛下と同学年です。大阪市港区築港という所で生まれました。皆様ご存知の海遊館のある辺りです。無論、当時は海遊館もなく港湾関係の倉庫が建ち並ぶ殺風景な場末の町並みでした。小学校（当時は国民学校といいました）四年生で岡山県の金光という田舎町に疎開し、高校を卒業するまでそこで百姓しながら、時々勉強もしていました。大阪の大学を出て、一九六四年、ちょうど東京オリンピックの年、それは新幹線が開業した年でもありますが、アメリカの病院に留学し、三年間そこで過ごしました。帰国後しばらく大阪の病院で働き、一九八四年、昭和五九年徳島大学に転勤になり、一九九九年、平成十一年、六十五歳でそこを定年退官しました。その後、一年間受験勉強して、徳島大学総合科学部に入学して考古学、次いで、大学院で英語の勉強をしました。しばらく間を置いて八十歳になったのを機に、四国大学文学部で源氏物語やチョーサー、シェイクスピアについて教えてもらっています。

　さて、自己紹介が少々長くなりすぎましたが、ここで私の初冒険に話を戻したいと思います。疎開する前ですから、国民学校三年生のころではなかったかと思います。川の向こうというのは、海遊館のすぐ横にある安治川という川幅がかなり広い大きな川の対岸ということです。つい最近まで徳島からの高速艇も着岸していた天保山という小高い丘のふもとの船着場から、対岸まで渡し舟が運行されていました。安治川は大きな船舶が川上まで行き来するため、橋を架けることができず、対岸への人々の往来は総てこの渡し舟によったのです。人が乗って満員になるといつでも出発し、誰でもが、ただで利用できるというものでした。十五〜二〇分ぐらいで対岸に着き、勝手に降りていけばよいわけで、無一文の子供にとっては願ってもない交通手段でした。初めて対岸に足を踏み入れた時、遊び慣れ、馴染み深い町から異国の町にきたという感じを抱きました。これが川向こうに冒険して、初めて知らない町に来て、何かよそ者としての孤独感を知った瞬間でした。今から思うと、冒険して何かを初めて知った瞬間でした。それは子供心にある種の感動を覚えさせてくれた瞬間でもありました。日ごろ、どんな所かといろいろ想像していた所を目の当たりにし、ああ、こんな所だったのかと、もやもやした疑問が一気に解消してすっきりした瞬間でもありました。

人は未知との遭遇を求め、また、自己の可能性を確かめたいという冒険心を生まれながらに持っています。山の向こうの青い鳥を求めて、命を賭しての冒険、この肉体的冒険心は万人が持つ、ある意味、魂に宿っている欲求です。もちろん、プロの冒険家から市井の好事家までいろいろであり、未知との遭遇時の驚き、達成感の軽重の程度は種々ですが、よろこびの質は変わりません。これまで全く不明であったことを研究して新たな事実を発見し、そこに秘められた秘事を初めて知る、これが研究であり、その成果が発見です。この研究は未知なものの答えを求めて悪戦苦闘し、時に命を賭してということもあります。これはまさに冒険です。山野を逍遥することはありませんが、頭脳を駆使しての冒険、すなわち、知的冒険です。知的冒険も山の向こうの青い鳥の正体を解明した時、肉体的冒険で味わったのと同じ心の底からのよろこびを感じます。また、この知的冒険心は肉体的冒険心と同じように万人の魂に宿る欲求でもあります。

「知る」とは、ある現象、状態を広く隅々まで自分のものにすることです。例えば、対岸の町の状態を子供の目で捉え、広く隅々まで自分のものにした。これは子供にとって、その町を知ることになるでしょう。知ることは、また、ある物事の内容を理解することでもありますが、これは、山の向こうの青い鳥の実態を理解することで、青い鳥を知ったことになるということです。知ることは、その過程の違いで二種類あるように思います。ひとつは本を読んであることを知る、あるいは先生から教えていただいて知る、いわば受動的認識です。これは、それまでにすでに分かっていたことで自分が知らなかったという場合であり、本を読んだり授業を聴いて知るという場合です。それとは別に、世の中に全く未知で、自分が初めてその事実を発見して知る場合で、その認識の行為は受身的でなく、active な認識行為、能動的な認識行為で、ある事を知り得たというものです。

対岸の町の状態を知って、今まで抱いていた疑念がぱっと晴れた時、子供心に何か晴れやかな心の響きを感じましたが、それは大げさに言えば感動であり、それは一種のよろこびの感情でもありました。すなわち、知ることはある種の感動、あるいはよろこびを惹起させるものではないでしょうか。知ることすべてによろこびが伴うわけでなく、知ることが心の琴線に触れるような内容である、そのような新しいことを知った時、よろこびの感情が湧いてきます。それにはまた感受性も必要になります。同じことを新たに知っても、知った内容が自分の琴線に触れ、よろこびの感情が起こる人もいれば、何らの感情の変化も生じない人もいるわけで、知ってよろこびの感情が湧いてくるには、琴線が震うという感受性が必要になります。

知るよろこびを味わうためには、知った内容に感動すること、それは、それに値する内容であることと、知る側が感受性の高い状態であることが必要になります。以前、受験勉強で高校国語の教科書で、劇作家の別役実氏の「座る」という評論を読んで、その視点の斬新さを知って、一種の感動、よろこびを感じたことがありました。そのエッセンスは次のようです。

従来の〝腰掛ける〟劇場における舞台と観客との関係においては、たとえどんなに相互の働きかけが激しく行われたとしても、公的な〝見られる者〟と〝見る者〟との立場を崩し得なかったのに対して、〝座る〟劇場においては、そうでない。舞台と観客はたやすく一本化し、もっと私的な、そして生理的な交流が生まれるのである。

同じ座るという行為、さらにその状態にある場合でも、座敷に座るのと、椅子に腰掛けて座るのでは、様々な点での相違のあることが指摘されています。言われてみれば、まさにその通りで、これまでそのような相違を全く考えず両者を眺めていましたが、このような視点で両者をみると、両者のかもしだす雰囲気の違いに気付くことになります。居酒屋の座敷で車座になって汲む酒と椅子に腰掛けてのワインでは、両者の心理状態は明らかに違います。

このように、何か新しいことを知ることで、なるほど、そうかと、ある感動を感じます。それは一種のよろこびでもあります。しかし、この快感を味わうためには、まず、疑問を持たねばなりません。それは何なんだろう、それはなぜそうなんだろうか、など疑問を持つことで、知ろうとする行為が始まることになります。皆様も注意深く生活していると、疑問を抱く事柄に遭遇することがあるでしょう。私も、これは何、なぜこうなんだろうと、疑問を抱く事柄がいろいろありますが、あまり深く注意を払わず、そのうちに忘れてしまう疑問がほとんどですが、ここしばらく、私の頭を離れない疑問、真面目な疑問がひとつあります。皆様の何人かの方もひょっとしたら同じ疑問をお持ちかもしれません。ちょっと勉強ぽい話になりますが、英語で再帰代名詞というのを習ったことがあるでしょう。人称代名詞に self のついたものです。例えば、myself, yourself, himself などがそれですが、一、二例文を示してみましょう。

○ The dream was so vivid that he felt himself to be awake.

○ I hope you enjoy yourself this evening.

○ I excuse myself from the table.

○ The door locks by itself.

さて、ここで self のついた再帰代名詞を比べてみてください。myself, yourself は所有格に self がついていますが、himself, itself は目的格に self がついています。本来、目的格に self がつくべきと思うのですが、なぜか、一人称と二人称は所有格に self がついています。なぜなんでしょう。これが私のここしばらくの疑問でした。手持ちの受験勉強用の文法の本を読みましたが、それについて何も書いていません。大学院で教えていただいている英語の先生から、もう少し専門的な本で調べることを勧められました。調べてみると答えがありました。

古英語ではHe kills himの文章では他殺と自殺の読みが可能で、その曖昧さを避けるため再帰代名詞という新しい語類が古英語後期以後に発達したと考えられています。解釈の曖昧さを生むのはもっぱら三人称においてで、一人称や二人称では主語と目的語が同一人物であることは自明ですので、その問題は起こらず、再帰代名詞がまず三人称において発達したようです。再帰的に用いられた三人称代名詞は、古英語では主に与格（現代英語の目的格）で現れ、また、当時の英語ではselfは名詞の後ろに置かれる形容詞であったため、与格代名詞とともにhimself, her selfのように使われ、これが後に一語へまとめられたというものです。中英語期になると一人称や二人称でも再帰代名詞が発達することになりますが、その時期selfは形容詞でなく名詞であるという品詞の再分析が起こっていました。selfが名詞として認識されるようになると、その直前にくる語は名詞selfを修飾する語でなければならず、代名詞でいえば所有格の形態、つまりmyやyourなどがこなければなりません。こうして一人称や二人称の再帰代名詞は所有格＋selfという形態になったというものです。

永年の疑問が解け、すーとした、ちょっとうれしくなる気持ちを抱きました。もうひとつ英語にまつわる疑問解消の話をしておきましょう。不規則変化動詞がなければ楽なのになあ、と思ったことはありませんか。その中でも、現在、過去、過去分詞の語形がそれぞれ違っていて、憶えるのに難儀した経験があります。例えば、go went gone、なぜ、突然変異的に went なのかと思いませんでしたか。中英語期の単語 wende（向かう）の過去形 went が現代英語 go の過去形に転用されて go went gone になったようです。突然の went はちょっと不思議だなと思う程度で、なぜそうなったのだろうと深く考えてもいませんでしたが、それでも先生からこういうわけで go went gone になったと聴かされた時、なるほど、そうだったのかと謎が解け、すっきりした気持ちを味わいました。

知るよろこびを味わうためには、まず、疑問を持つことの必要性についてお話ししました。ここから研究においての発見、その際に味わう知るよろこびについてお話ししましょう。

これまで誰も知らなかったこと、本にも書かれていなかったことを初めて探求しようとすること、それが研究です。それで、初めて新事実が明らかになること、それが発見です。発見して新たなことが分かる、これも知ることで、前述した能動的認識行為によってもたらされたものです。大学の先生は新たな事実を発見しようと日夜研究に没頭します。時には命を賭して研究に没頭することもあります。知的活動において未知の荒野で真実を求めてさ迷い歩く、これは、先にもちょっと申しましたが、まさに冒険で、知的冒険と言いうるものでしょう。この知的冒険心が研究者を研究に駆り立てる原動力なのです。

半世紀も前に行った、消化管のあるホルモンの分泌動態に関する研究で、投与糖質の種類によってそのホルモンの分泌に差があることが分かった時には、まさに自然の神秘に触れたよろこびを感じたのを今でも想い出すことができます。当時、腸はそれほど高等な臓器とも思われてはいませんでした。その消化管が、グルコース、ガラクトースには反応してそのホルモンを分泌するのに、果糖には反応しないことが分かり、腸は〝賢い臓器〟と知り、その神秘さに心の琴線に触れるよろこびを覚えました（今は、それがL細胞での受容体が糖の構造を認識していることが明らかになっています）。ちょっと専門的な話になりますが、グルカゴン抗体の特異性の研究で、ある作業仮説を立て、それを証明しようとしたことがありました。仮説の正しさを表す、ガイガーカウンターから打ち出される数値を目で追った時の感動も忘れられないものとなりました。Epoch-makingというほどのものではありませんが、それでも自分の心の内では〝やったぞ〟と、自己の可能性を知り得たよろこびを感じました。

最近、大学院で『源氏物語』の研究をしています。〝『源氏物語』からみた平安貴族社会の無常観思想〟という課題について研究を進めています。平安貴族社会には無常観が漂っていたのですが、その要因のひとつとして当時の貴族階級の命の短さ、命のはかなさが関与しているのではないかと考え、本当に短命であったのかどうか記録をひもといて探究することにしました。

当時の記録に残るような人達の死亡年齢が一人一人記載されている本『大日本年表』という本が発行されていて、これから一人一人の名前、死亡年齢を、奈良時代から平安時代末期まで、約四〇〇年間、ほぼ一〇〇〇人について拾い上げ、集計しました。そうすると、平安時代中期で四十歳代未満で死亡する早世者が、その他の期間に比べ約二倍多いことが分かりました。さらに、これは女性の早世率の高いことによることも判明しました。この死亡年齢分布の特徴は、『源氏物語』作中人物の死亡年齢分布においても認められました。集計してこの数字が出てきた時、自分の作業仮説が的中したこと、それが新しい発見であることが分かり、心が踊る感動を覚えました。人間年を重ねてきますと、少々のことではよろこびの感動を覚えなくなります。よろこぶことに鈍感になってくるのでしょう。そのような高齢者の精神状態であるにもかかわらず、この発見、新たなことを知り得たことに、若い時と同じようなよろこびを感じました。この知的よろこび、特に、研究して新たなことを発見し、そのことを知り得た際のよろこびが、八十三歳の私でも感じたことから、この種のよろこびが年齢を超えて、きわめて普遍的で、人間にとって根源的なものであることが分かりました。

青い鳥を求めて荒野をさ迷い、あるいは人類未踏の険阻な山巒《さんがく》を踏み越えて未知の世界に遭遇した際の感動、達成感、知的冒険者も荒野や山巒はありませんが、それに等しい知的難関を乗り越え、自然の神秘に触れ、それまでの苦難を克服する自己の可能性への挑戦、また、そこに達した達成感、これが研究者を研究に駆り立てる駆動力です。そこで得られたよろこびは、研究者が一人、ひっそりと噛みしめる内なるよろこび（内的よろこび）です。研究者に与えられた最高の贈り物はこの内的よろこびであり、ノーベル賞級の発見でも、それほどでもない発見でも、研究者が味わう内的よろこびは質的には変わりません。ただ、ノーベル賞で表彰されるという外部評価からのよろこび、外的よろこびは、発見の影響力の多寡や、もろもろの因子に左右され、それももちろん研究者の研究のよろこびを増幅させますが、内的よろこびこそが研究者のみが味わえる本当の意味でのよろこびなのです。

研究がすべて成功するわけではありません。努力しても失敗が続くと、自分には才能がないのではないかと落ち込むことがよくあります。ただ、成功には幸運がつきものです。しかし、僥倖、棚からぼた餅、は決してすべての研究者に均一に振り当てられるものでなく、棚の下に行く努力をしている者のみに与えられる特典なのです。

さて、物事を知るということは、このような知的よろこびを味わうことができる上に、我々にとってどんなよいことがあるのでしょうか。多くのことを知り、知識を広めることは、様々なよいことがあります。私の経験したものの中で、二、三のこれが知識を広める効用かと思ったことについてお話ししようと思います。

ある日、テレビで、一八五〇年（この数字必ずしも正しくないかもしれない）に建てられた英国のRoyal Opera Houseが改築されるというニュースが放映されました。その放送を聞いて、以前なら、なるほど一五〇年前の建造物とは古いものだなあというぐらいの感慨を抱いたでしょうが、ちょうど受験勉強で語呂合わせで、年代を記憶中ということもあって、例えば、一八五〇年前後の歴史的事件、一八四八年：「批判弱《1848》った二月革命」、一八五二年「ナポレオン三世背番号2《1852》」が思い出されました。一八五〇年とは二月革命やナポレオン三世が即位したころかと分かると、Royal Opera Houseの古さを実感をもって理解することができるようになりました。一五〇年前といえば「古い」という感覚を抱きますが、それは単に数字から受ける印象でしかありません。しかし、ナポレオン三世のころかとなると、同じ数字の一五〇年も違ったニュアンスを伴って、心に響きます。Royal Opera Houseの古さが持ち合わせている知識によって増巾され、ある深みをもって評価されるようになります。ただ単に「一五〇年前」と数字からの評価と、ナポレオン三世が活躍した昔から存在していたRoyal Opera Houseと評価した場合、古さについての感じ方は明らかに異なります。もちろん、後者のほうが感じに深みがあり、心に響くものがあります。その時、これが、人の心を豊かにすることかと思いました。

ひとつの事実を認識した場合、それを評価するに際し、その事実の周辺の知識はその事実を中心に互いに反響し合い、事実の評価を厚みあるものにしてくれます。広い知識があることは、このようにして心を豊かにしてくれるのだということを知りました。

物を知ることは、その真の姿を理解することであります。三十歳の時、米国に留学したことは先にお話ししましたが、ロサンゼルス空港に降り立った時、アメリカの土地の広さを目の当たりにし、初めてその広大さを知りました。その時、ふっと心に浮かんだ思いは、こんな大きな国と戦って我が日本が勝てるはずがないということでした。小さく、貧乏な国が健気にもよく戦ったものだと、我が日本をいとおしく感じ、何か変にわが国を愛する気持ちが湧いてきたことを憶えています。外国で生活するようになると、愛国者になるとよく言われますが、私が自分の国に対して愛国心を抱いたのはこんなことからでした。自分の国を客観視して、初めて自分の国の真の姿の一端を知り、愛《いと》しく感じ、それが愛国心になったのでしょう。

この感情にはまだ続きがあります。大学院に入学して、授業で藤原道長の日記『御堂関白記』について勉強しましたが、漢文で書かれていてなかなか難解でした。ご存知のように道長は今から千年も前に活躍した人物ですが、その日記の自筆本、すなわち、彼が書いた日記そのものが、京都の陽明文庫に一部保管されているのです。これは世界的にみても稀有なことで、きわめて貴重な文化遺産です。歴史上有名な人物、例えば、チョーサー（一三四二頃～一四〇〇）やシェイクスピア（一五六四～一六一六）の自筆本は残存していません。このことは我が国がいかに文化的に優れた国であるかを示しています。この他にもいろいろの文化的遺産がありますが、日本はこのように世界に冠たる優れた国なのです。この立派さを知ると、当然、我が国に対するいとおしさが増してき、この国をちゃんと守っていかねばという愛国心が湧いてきます。愛国心は人に押し付けられて生じるものではありません。私たちの世代は戦前・戦中を通じ愛国心を他から植え付けられ、いっぱしの愛国少年でした。将来、海軍兵学校を卒業して海軍士官になって国を守るんだと思っていました。しかし、終戦を境に、その愛国心は雲散霧消してしまい、米軍が進駐してきても、誰もゲリラ戦で抵抗して、国を守ろうとはしませんでした。押し付けられた愛国心ほど当てにならないものはないことを子供心に実感しました。学校で国旗を掲揚し、国歌を斉唱するのも大切ですが、本当の愛国心は、この国をよく知り、そこから生まれてくる国をいとおしむ心、それから生まれてくるものです。これも、知ることの効用の一例です。

今日は「知るよろこび」と題してお話をしました。これをまとめますと次のようになります。

授業であることを知る、本を読んで知識を広める。知る内容にもよりますが、謎が解けてすっきりした心地良さ、そこによろこびの感情が湧きます。これまで全く不明であった事柄を研究して、その謎が解け、新事実を知った際のよろこび、「やったぞ」と心の底から湧き上がってくるよろこびの感情、内なるよろこびは、人類が、普遍的に内蔵する感情です。いろいろなことを知って知識を蓄積すると、知識は共鳴し合ってひとつの事実の認識に深みを与え、その人の人生を豊かにしてくれます。知るよろこびを味わい、自分自身の人生を豊かなものにしようではありませんか。

最後に強調しておきたいことは、講演でも触れましたが、知る行為の出発点として疑問を抱くことの重要性です。何気ない素朴な疑問、例えば good, better, best はなぜ good, gooder, goodest でないのだろう。この疑問は多分、専門書をひもとくと答えが得られるでしょう。これが分かったからといって英会話が上手になるわけではありません。しかし、英語の理解を深みあるものにしてくれます。「りんごはなぜ木から落ちるのか」という何気ない素朴な疑問は、ニュートンをして万有引力の原理という超ノーベル賞級の発見へと導きました。疑問の解明によって何がもたらされるかは分かりませんが、新たな事実を知る大切なきっかけになることは間違いありません。

疑問を解こうと、自らactiveに、能動的にその謎を探究すること、それが知的冒険ですが、それは高校までの教育にはなく、大学で初めて可能になり、また、それこそが大学教育の大学教育の所以《ゆえん》であり、それがゆえに大学でactive learningが叫ばれているわけでもあります。今後、四年間の知的冒険の旅が実り多いものになりますことを念じて、私の講演を終わります。

ご清聴ありがとうございました。

Ⅱ　八十から始めた趣味

一　転倒予防のための太極拳

(一)　高齢者の転倒

高齢者の年間の転倒率は一〇〜二〇%といわれ、高齢者が転倒しやすいことが分かる。転倒した場合、それだけですめばありがたいが、高齢者では若年者に比し高頻度に転んで怪我をする。転ぶと五四〜七〇％に外傷を負い、そのうち骨折のような大惨事が六〜一二％発生するとする報告からも、その深刻さは明らかである。その際、折れやすい骨は大腿骨近位部、橈骨遠位部（前腕の手首部）、脊椎骨（背骨）などで、大腿の太い骨が折れたりすると歩くこともままならず寝たきりになったりすることもある。このように、転倒は高齢者にとって日常茶飯事的に起こる出来事で、それがさらに深刻な結果をもたらすことにもなりかねない。そのため、日ごろから転ばないよう気をつける必要がある。その予防として先述した魔法の杖が役立ち、それはまさに〝転ばぬ先の杖〟である。

高齢者が転びやすいのにはいろいろな要因が関係するため、これのみを注意しておればよいというものはなく、ある意味、厄介である。しかし、日々の暮らし中でのちょっとしたことが要因になっている場合も多いので、それら些細なことに気をつければ、転ぶ回数を減らすということにもなる。

転倒しやすい要因をちょっと難しく分類すると、内的要因と外的要因に分けることができる。前者には加齢変化、疾病要因、薬剤などがある。加齢変化は高齢になるに従っての筋肉量や筋力の低下、さらに、歩行機能、バランス維持能などの身体機能の低下などが、それである。疾病要因は、いろいろな病気の結果、前述の身体機能の障害が生じること。薬剤性とは睡眠薬や抗精神病薬などの副作用によるふらつきが原因で転倒する場合がそれである。後者の外的要因としては段差、障害物、履物、滑りやすい場所、部屋の暗さ、手すりの有無などが考えられるが、これらの要因こそが、ちょっとした注意で転倒を回避できる要因である。自宅の庭内を散歩する時でも、スリッパのような突っかけでなく、滑りにくい靴を履いて歩くとか、段差に気をつけるなど、ちょっとした注意で転倒の回数を減らすことができる。歩きなれた自宅の庭で飛び石につまずいて転倒すると、本人にとっては単なる転倒ということだけではなく、老いを痛感させられ大変なショックを受けることになる。滑りにくい靴の着用のようなわずかの注意で転倒は五〇％以上も減少するといわれている。転倒にとって薬の副作用も無視できない問題で、向精神薬の減量や中止で転倒は六〇％強、減少するというデータもある。

〝魔法の杖〟は転倒予防に役立つが、それは主として加齢変化によって生じる要因に対しての効果である。グループ体操であれ、在宅での体操、太極拳であれ、この手の運動の転倒発生抑制効果は三〇％程度とされている。運動の効果は一見顕著なものではないかもしれないが、前述の糖尿病、メタボリックシンドローム（メタボ）に対する効果、あるいは認知症の抑制効果などの幅広い効果に加え転倒予防効果もおまけと思えば、ありがたい効果として評価できる。

私も加齢とともにジョギング中に転倒するようになったが、その原因は肉離れの後遺症で左つま先が十分挙上できず、油断すると蹴つまずいて転ぶというものであった。左足つま先に注意して走っているが、つい注意を怠るとつまずいて転ぶということになる。転ぶとちょっとした傷を負うので、転倒を恐れながら走るという状態が続いた。この状態は、ある特定の筋肉、私の場合、左足の背屈筋、その機能障害によって生じたものである。そのため、足関節が背屈せず、つまずいて転倒するという結果になった。高齢になると、このような局所の特定の筋の機能障害が原因での転倒よりは、むしろもっと広い意味での運動機能障害が原因での転倒がより一般的である。立位維持や歩行に関係する広い範囲の筋肉の筋力低下やバランス維持能の低下などがそれである。それらの機能の低下は転倒につながるが、そこまで低下していなくとも、日常動作の中にこれらの機能の低下を実感できる出来事がある。すなわち、転倒の予兆である。後期高齢年齢ごろから、立って靴下を履こうとするとふらついてうまく履けなくなった。八十歳を過ぎたころから立位でのパンツの着脱もちょっと危なくなった。これらは転倒の予兆である。要注意の状態だと思いリハビリ関係の書物を読むと、これに関与する筋肉の筋力を増強するためには、スクワット（立った姿勢から、ゆっくり腰を引きながら膝を曲げていき、膝が最大九〇度曲がったところで、再びゆっくりと立ち上がる動作）が、また、バランス能力を高める運動として開眼片脚立ちがよいと記載されていた。

そこで、半年ほど前から、以下記述するような私なりの転倒予防トレーニングを開始することにした。①つま先立ち（踵上げ）一〇〇回、一日二セット、②スクワット一〇回、一日二セット、③開眼片脚立ち左右各一分間、一日二セット。これに、就寝前に毎日両足関節、特に左足関節の背屈、伸展を繰り返す関節運動を、家内の手を借り他動的に行っている。これを継続したおかげか、走っている途中で左つま先が地面に触れ、前につんのめりそうになる危険な思いをすることがなくなった。左つま先が地面を擦っていないのは、これまでジョギングシューズの左つま先箇所のみが早く磨耗していたのが、新しいシューズに取り替えて半年になるが、その箇所のみが磨耗していないことからも明らかである。少なくともこれらのトレーニングは私の転倒防止には有効であったと言い得る。

しかし、このトレーニングはあまり楽しくなく、半ば義務的に行っているという状態であった。前述したように、太極拳にも前記したトレーニングと同じ程度の転倒予防効果があるようであり、それなら太極拳のほうがもう少し楽しいのではないかと思い、一度試みてみようという気持ちになっていた。そんな時に市の広報に、市民向けの太極拳講座参加の呼びかけがあり、これ幸いとこれに参加することにした。

(二) 養生太極拳

「養生太極拳」。これが参加した講座の名称である。太極拳がどのような身体の動きから構成されているのか全く知らなかったので、その一連の動きの中に立位・歩行能に関与する筋力増強効果、あるいはバランス力増強に有効な動きが含まれているのかどうか解明したいと思い、始めることにした。また、ある期間これを継続することで、転倒の予兆的動作障害の解消にどの程度有効かも知りたかった。もちろん、太極拳は家で一人で黙々とトレーニングするより楽しかろうという期待もあった。週一回、一時間半の講座で、十回が一区切りになり、一、二ヶ月間の間をおいて次のセッションが始まるという形式で、一年三セッションが用意されていた。参加してちょうど一年が過ぎたが、なかなか上手には踊れていない。この種の教養講座はどれも同じなのであろうが、参加者約二〇人のうち男性は三人のみ、高齢者がほとんどで、私が加わっても違和感のない人員構成である。「養生太極拳」と銘打っているためか、ウォーミングアップとクーリンダウンに多くの時間がさかれ、本番はそれほど長くはない。初心者は隊列の中ほどに位置して、前後のベテランの動きを真似て身体を動かすことになっており、したがって、ベテランが間違うと当方も間違った動きになる。そんなこともあって、なかなか動きが憶えられず、仕方がないのでDVD付き入門書を購入して動作を憶えることにした。困ったことに、太極拳にもいろいろ流派があるようで、購入した本の流派と講座の流派は異なり、細かな動きは若干異なっていた。

太極拳の動作の特徴のひとつに、動きがきわめてゆっくりであることがある。我々が一般的に行っている体操、例えばラジオ体操と比較するとその違いが明瞭に理解できる。太極拳の移動速度は普通の歩行の速度の七分の一の速度であるといわれており、いかにゆっくりした動きであるかが、この数値からも分かる。移動を伴う運動においてヒトは、一般的に比較的早い動きの中ではバランスは取りやすいが、ゆっくりした動きのなかではバランスは取りにくい、といわれている。したがって、ゆっくりした動きの大極拳では、立位姿勢や移動運動でのバランス保持は難しくなる。このような困難な条件下で訓練し、それに適応することが、結果的に太極拳運動がバランス能力獲得に有利に働くとも考えられる。

太極拳にはいろいろな動作の組み合わせがあり、一連の演武に八種目、二四種目、四二種目などいろいろの動作が異なる数で構成されているが、我々が行っているのは多くの場合、二四種目の動作からなる「簡化二四式太極拳」である。この二四式を演武するのに八～一〇分間を要する。すなわち、二四式動作すべて終了するまで、止まらずに連続して八～一〇分間体を動かしていることになる。これら各種目は三つの局面、すなわち連続動作局面（前の種目の動作のポーズから片足が離地する前まで）、片足支持局面（片足が離地してから運び出して接地するまで）、両足支持局面（運び出した足が接地してポーズが完成するまで）に分けられる。金昌龍氏の研究によると、ある一人の鍛錬者の、この各々が占める時間は総時間のうち連続動作局面三五・三％、片足支持局面二八・〇％、両足支持局面三六・七％の割合であったという。前述のように、片脚立ちがバランス能増強に重要な動作であるが、太極拳の一連の動作に片脚立ちがこの程度組み込まれていることが分かる。さらに、両足支持局面で両足支持のように見えながら、片方の足に身体重心を移し、他方の足がごく軽く地面に接しているような局面、これを虚歩というらしいが、この虚歩は片足支持のポーズとして理解されるため、この虚歩支持局面を片足支持局面に加えると、片足支持局面は三二・二％になるという。いずれにしても、二四式太極拳を一回演武すると、約三分間の片脚立ちトレーニングをしていることになる。この片脚立ち種目を演じている際、約二〇人の隊列の中、ふらついてすぐ足を床に下ろしてしまう人が何人かいる。それは私を含め大体が後期高齢者年齢以上の人々と見受けられ、片脚立ち能が年齢とともに低下していることがよく分かる。　太極拳の一連の動作は、いずれの種目においてもラジオ体操のように背筋を伸ばして直立するというものでなく、両膝を軽く屈曲し、臀部を後ろに引いたような姿勢になっている。スクワットほど両膝を曲げないが、それに近い姿勢で、これは下肢筋力の増強に役立っているように思う。丹田《たんでん》に力を入れたこの体位は、明らかにレジスタンス運動に向いた姿勢で、太極拳演武中放屁が頻発するのも、そのせいでないかと思う。

太極拳の動作の特徴であるゆっくりした動きと片脚支持期は下肢の抗重力筋の機能を高め、筋の収縮、伸展や緊張の変化を感知する筋紡錘および膝関節嚢内の感覚受容器を活性化する。それらが、太極拳の転倒予防に有効に作用している機序ではないかと思われる。一年間太極拳を行ってみて、私自身、立位でのパンツの着脱は容易になったが、未だ立位での靴下の着脱は困難である。一年間の太極拳で、その程度の効果はあったようである。

二　花より団子——コンテナ栽培の家庭菜園

庭に数坪の家庭菜園を作り、夏物野菜は胡瓜、茄子、トマト、冬野菜は大根、小松菜、チンゲンサイと決まった作物を、畦を毎年代えながら栽培していた。これでも胡瓜やトマトなどは家内と二人では食べきれず、息子達一家に分配して喜ばれている。八十二歳の春、ちょっと閑《ひま》になったので、少し種類を増やしたいと思い、試しにサツマイモをコンテナ栽培してみることにした。ちゃんと蔓も伸び、秋に収穫してみると、立派な芋、大小あわせて四つのコンテナで、五キロ強の収穫となった。数坪の畑では胡瓜、茄子、トマトが精一杯で、それ以上の種類も増やせないし、ましてや蔓が伸びて広がる種類の野菜の栽培は無理とあきらめていた。ところが、試しに植えたサツマイモが予想外の高収穫であったので、コンテナ栽培で、多種類の野菜作りを楽しむことにした。

早速、『コンテナ野菜つくり』（金田初代、西東社、二〇一六年）なる参考書を購入して読んでみると、畑栽培と大いに異なることが分かった。畑栽培では、種まき前に石灰をまいて、土を掘り起こし、土底に堆肥、油かす、鶏糞などを入れ、耕した土をかぶせて準備は終わり、種をまくという手順であった。家を新築する際、山土で約三〇センチ盛土していたので、庭の畑も同じ土質で、野菜の育ちも悪かったが、以上のような手入れで土質は改良され、良い畑になっていた。コンテナに適した土は野菜の種類によって若干異なるが、基本的には赤玉土、腐葉土、堆肥、バーミキュライトなどを混合し、それに苦土石灰、化成肥料を追加するというものである。コンテナは根菜、大型野菜も可能な、十号以上（内径約三〇センチ）の深型タイプで、ほぼ二〇リットルの土量が入るものを選んだ。

その秋、エンドウ豆、そら豆の種をまき、冬はじゃがいもを植えてみた。エンドウ豆、そら豆は約二〇％の発芽率であったが、それでも、小さな芽がコンテナの土から顔を出した時は、何とも愛しいというしみじみした感じを味わうことができた。コンテナの土の表面は、地面よりほぼ三〇センチ高い位置にあるため、畑と違って間近に発芽の状態を観察することができるので、小さな芽も見逃すことはない。春先に植えた里芋が一ヶ月ほどすると、小さな円錐形の新芽を出すが、ある朝、ひょっこりと顔を出していると、「こんにちは」と挨拶したい気持ちになる。四月になると、そら豆の花が咲き、それが枯れたようになった蔭に鮮やかな緑色の小さなさやが上に向いて姿を隠している。一ヶ月もするとそれが下に垂れ下がり、さやの背筋が黒くなったところで収穫し、美味しくいただくことになる。

コンテナ栽培の要領も飲み込めたので、翌年の春は植えつける野菜の種類を増やすことにした。胡瓜、トマトは例年のごとく畑に植え、コンテナにはゴーヤ（大型のプランターに）五本、ズッキーニ二本、南瓜一本、サツマイモ四本、スイートコーン四本、インゲン豆二本、ピーマン、パプリカなど一五個ほどの苗をうえることになった。ズッキーニは二本のみであったが、最初、雌花のみが咲き、雄花が開花していなくて授粉できず、この雌花が無駄花になること覚悟で一輪咲いていた南瓜の雄花で授粉してみた。近交種で交配可能であったのか、ズッキーニの実は落ちずに成長した。しかも、南瓜と交配したためか、巨大ズッキーニになり、ちょっと驚かされた。ズッキーニはもっぱら、ラタトゥイユ（夏野菜の煮込み、プロバンス地方の代表的野菜料理で、魚や肉料理の付け合せに用いる）用食材に用いている。我が家では、これに、炒めた薄切りの豚肉を加え、主菜として食している。以前、家内が軽い脳出血で入院した際、男にもできる簡単な料理として習得したもののひとつで、野菜たっぷりのヘルシー料理である。完熟トマト、ズッキーニ、茄子、たまねぎ、パプリカ、セロリが主材で、後は風味用に赤唐辛子、ローリエ、タイム、オリーブオイル、胡椒少々を加え、水を加えずに大鍋で汁がなくなるまで、二〇～三〇分間煮るだけで出来上がる。我が家では、これに予め炒めた豚肉を加えている。これに必要な食材は、ほぼ家庭菜園から得ている。本年はこの用途のために、セロリもコンテナで作ることにした。

インゲン豆もコンテナで比較的簡単に栽培できる。スーパーでも売っているが、あまり需要がないのか、品薄でいつでも入手できるとは限らない。食べたいと思った時手元にあるといつでも口にすることができるのも、コンテナ栽培の魅力のひとつである。現役のころ、東京出張の際、朝のジョギングに便利な場所にあるホテルを定宿にしていたが、懐が暖かい時はパレスホテルに、そうでない時は竹橋の公務員宿舎を利用していた。一晩寝るのにどちらでもよいのであるが、朝飯のバイキングの品の違いが、一日の心豊かさに影響し、パレスホテルのほうを好んで利用した。改築前のパレスホテルの食堂はこじんまりとして落ち着いた雰囲気がよく、その上にインゲン豆のソテーで何となく高級感を味わうことができた。公務員宿舎にはこれがなかった。コンテナ栽培にインゲン豆を加えて、この高級感を思い出しながら味わっている。

コンテナ栽培では、使用した土には細菌や害虫、病原菌、肥料分が残っているので、収穫した後、そのまま使い回さず、再生してから使う必要がある。直射日光を当て、消毒して、その上に赤玉土や堆肥などを加えて使うことになる。そのため、土量は増え、はじめ一五個ほどのコンテナが二〇個になり、この春は二五個を越える数になった。昨年秋は、大根、チンゲンサイは例年のごとく畑で作り、コンテナでは聖護院大根、水菜、小かぶ、人参などを植えた。その他に、特に、たまねぎを多数植えることになった。八月中ごろ、たまねぎの小さい玉を園芸店で購入して、ひとつひとつ植えるわけだが、一袋購入すると、かなりの数の子たまねぎがあり、ある数植えた後、残ったものを捨てるのももったいなく、可能な限り植えることにした。コンテナに二、三個ずつ植え、それでも余ったので、一部、畑にも植えた。そんなことで、総数、五〇以上にもなった。ほぼ総て順調に成長したが、三月下旬ごろ、そろそろ夏物野菜の作付け準備をしなければならない時期になっても、ねぎの部分は立派に成長しているが、たまねぎの玉の部分は未だ小さく、気はせくが、一挙に収穫できず、少しずつ抜いて、新玉として食用に供することにした。葉の部分はあまりに立派なので、捨てるに忍びず、試しに炒めて食べてみたが、意外においしいことが分かった。それからは、葱の代わりに使ったり、息子達一家に分配して喜ばれたりで、なんとか、夏野菜植え付けに間に合うよう収穫することができた。五・六月頃は、たまねぎそのものは新玉としてスーパーでも入手できるが、葉の部分は売っておらず、これを賞味することはできない。私も、これまで、たまねぎの葱の部分の料理を食べたことはなかったが、肉厚のたまねぎの葉を食することができたのは、コンテナ栽培のおかげであったと、喜んでいる。

例年、胡瓜は家族が食べるのに十分の量ができる。気をつけて収穫するようにしているが、それでも、蔓に隠れて巨大胡瓜になっていることがある。食べるには熟れすぎているが、廃棄するのはもったいないと、その処分に困って、ある時から、家内がその汁を化粧水代わりに使っていた。巨大胡瓜をおろし金でおろし、紅茶こしでこして汁を得、それを顔や手に塗ると肌がすべすべして化粧水様効果があるようである。私自身は塗ることもなく、そんなものかと横目で眺めていたが、最近、踵や足底の皮膚が粗糙になり、時にはひび割れができ、クリームを塗ったりしていた。以前、冬場にそういう状態になっていたが、胡瓜が出来るころになるとほぼ治っていて、特に難渋することもなかった。しかし、八十二、三歳ごろから、温かい時期になってもこの状態が続くようになった。そこで、自家製化粧水、胡瓜水を試してみることにした。患部に胡瓜水を塗り乾燥に数分待って処置は終わる。効果はてきめんで、患部皮膚はすべすべし、ひび割れ予防効果も発揮しているようである。冬場もこれが使えればと、その保存法を考え中である。

二〇一八年春は、コンテナの数も増え、茄子四本、ピーマン二本、パプリカ一本、スイートコーン二本、ズッキーニ四本、サツマイモ四本、セロリ一本、バジル一本、里芋四個、生姜四個、それ以外に、プランターにゴーヤ五本、また、朝食用の野菜としてかいわれ大根、ほうれん草、小松菜などを植えている。根菜栽培は、なかなか芽が出なかったり、発芽して成長しても食べられない葉や蔓のみが大きくなって、ある意味無愛想であるが、収穫時は意外に大きな芋になっていたりと、当て物を当てるような楽しみがある。手元にバジルがあると、トマトはいつでもあるので、食べたいと思う時にピザ・マルガリータが簡単にできる。花もよいが、家庭菜園は実益もかねて、これだという良さがある。ただ、畑での栽培と違い、コンテナ栽培は、夏場一週間も雨が降らないと水遣りが必要で、面倒といえば面倒だが、これも手塩にかけるという感じで、相手もちゃんとそれに応えてくれるのも、可愛いといえば可愛い。朝起きて、彼らの顔を見るのも楽しいものである。

あとがき

八十歳を過ぎたころからの出来事、それらに対する対応を思い出し、書き連ねてみた。その結果、それ以前の年代より、大げさに言って、多事多難になっていることがよく分かった。多くの出来事は加齢が原因で、いかんとも仕方がないが、それでも少々工夫しながらそれに対応していると、心身の障害は多くの場合、その進展がわずかではあるが抑制され、何も手当てをせず、そのまま坂を転げ落ちる障害の速度や程度をいくらかでも減弱させることができるようである。心身機能の凋落が緩やかになれば、しばらくの間、ある程度ほぼ満足に、その日、その日が送れる。これで、医療費や介護費用が軽減できれば、少しは社会保障費の削減に貢献したことになる。

しかし、二〇一八年度の医療、介護、年金費用一二一・三兆円が、二〇四〇年度に一九〇兆円に、二〇一八年度のGDP比二一・五%が、二〇四〇年度二四%になるという巨額な支出を、八十歳から頑張っただけでは抑えきれず、もっと若年からこれらの費用削減の努力が必要になってくる。国民一人ひとりがその気になって、ちょっと努力する必要がある。最も効果的な方策は、いかにしてメタボリック症候群にかからないかということにある。この病態は循環器疾患、糖尿病、高血圧などを介して中年期以後の人々の医療費増大の要因になるだけでなく、老年期の健やかな日々の生活にも黒い影を投げかける原因にもなっている。この克服はきわめて簡単である。体重を正常範囲、すなわち体型指数（体重（キログラム）を身長（メートル）の二乗で割った値）を一八〜二四に、できればほぼ二二前後に維持すること。これには、適正量の食事摂取と日々の運動が必要となる。目標はきわめて簡単であるが、この達成は一般的にきわめて困難で、よく分かっているが、その実現は難しいということになる。毎朝、体重計に乗って体重を測定し、食事は腹七〜八分目に、一日歩行は一万歩と決めて達成すべく努力するというのはどうであろうか。人のことと思って簡単に言うなとお叱りの声が上がると思うが、自分の健やかな老後のためのわずかな努力と思うが、どうであろうか。健やかな老後のための、積立定期預金のようなものである。人のためでない、我が身のためである。それで社会保障費のかなりの部分が削減できれば、人のため、特に、後続世代のためになる。私自身、これを目指してわずかに努力して八十五歳の今があるように思う。この状態を維持することが大変な負担であったとは思っていない。やる気があれば、ちょっとの努力で達成できる。

八十五歳になると、死を間近に感じるようになる。親しい同級生が、パタパタと去って逝くのに遭遇するのも、その感を抱かせる一因になっているのであろう。しかし、そのこともさることながら、八十歳でなく八十五歳という年齢が、その大きな要因になっている。九十歳でお迎えが来るというのは、常識的にはそんなものかと思い、それまで生きれば十分と思う。九十歳まで生きれば、十分永く生きたことになると、今、思っているその九十歳は今から五年先で、五年間と区切られると、五年前から現在までの五年間と長さは同じである。さて、この五年間はどんな期間であったかと思い返せば、はっきりとその期間を認識することができる。例えば、この本の原稿を書き始めてから今日までの期間で、その永さかと、五年間を明確に認識することができる。一方、八十歳で九十歳まで生きるとして、あと一〇年間となるとその一〇年間の期間がどれほどの永さであったか、ここ五年間と比較すると、きわめて曖昧な認識になる。これが、八十歳はそうでもないが、八十五歳が死を間近に、また、具体性を帯びて感じさせている大きな要因である。

終着時間がより明確に設定され、予定された時刻表に沿ってその期間進行したとすると、予定時間がより具体性を帯び、また、ここまで来ると到着時間の誤差の幅が、狭い範囲に収斂されてくる。七十歳では、終着時間は八十歳代かも、あるいは、九十歳代であるかも、その幅は大きく、また、その期間の十年、二十年は具体性を帯びて訴えてこない。八十歳でその誤差の幅はやや縮まり、終着時間までの期間もやや具体性を帯びてくるが、それでも何となく、自分と直接関係のない、他人事のように感じていた。八十五歳は違う。九十歳なら生きた永さに不満はない。また、九十歳を越えると、多くの方があまり苦しまず、第四の人生に旅立っていかれるのを見ているため、死が怖いわけでもない。しかし、そこでピリオッドを打つということになると、そこまでの五年間は貴重な五年間になる。どのように過ごすか。まだ答えはないが、やはり、自分に正直に生き、残された時間を心豊かに生きていくことができればと願っている。

　おおよそ五年間という期間を明瞭に認識するようになった。つづく五年間はこれまでと違った新たな世界での五年間が待っていてくれている思いがある。その五年間は必ずしも楽しくバラ色に輝いているものばかりではなさそうであるが、それでも、これまでに経験したことのない新たな世界があるのではなかろうか。八十年間生きれば、ほとんどのことは経験済みで、先は見えたと思っていたが、そうでもないことが最近分かりかけてきた。人の情けが身にしみて感じられるようになったのも新たな発見である。多くの人に支えられて生きていることを深く心に感じるようになった。家族、職場の同僚、教えを受けている大学の先生、これらの人たちの支えなしには、今後の五年間を心豊かには生きていけないと思う。私の拙文が世に出、日の目を見ることができるようになったのも、小山妙子さんの親身のお骨折りと論創社の松永裕衣子さんのご支援のおかげで、その有難さに心から感謝する次第である。

島健二（しま・けんじ）

1934年大阪府生まれ。医学博士、徳島大学名誉教授。

1959年大阪大学医学部卒業。大阪大学医学部助教授を経て、1984年徳島大学医学部教授。日本糖尿病学会会長、日本臨床化学会会長などを歴任。

1999年同大学定年退官。同年川島病院名誉院長。

2000年徳島大学総合科学部人間社会学科入学、考古学を勉強後、2005年同大学院人間・自然環境研究科人間環境専攻修士課程に進み、英米文学を学ぶ。

2015年四国大学大学院国文学研究科にて源氏物語、チョーサーを学ぶ。

主な著書に『定年教授は新入生』（集英社）、『きらめく定年後—あれもこれもできる幸せ年齢』（論創社）ほか。

八十歳から拡がる世界

2019年1月10日　初版第1刷印刷
2019年1月20日　初版第1刷発行

著　者　島　健二
発行者　森下紀夫
発行所　論　創　社
東京都千代田区神田神保町2-23　北井ビル（〒101-0051）
tel. 03（3264）5254　fax. 03（3264）5232　web. http://www.ronso.co.jp/
振替口座 00160-1-155266

装幀／野村　浩
印刷・製本／中央精版印刷　組版／株式会社ダーツフィールド

ISBN978-4-8460-1780-4